时光印迹

张 婉 著

陕西新华出版传媒集团
太白文艺出版社·西安

图书在版编目（CIP）数据

时光印迹 / 张婉著. -- 西安：太白文艺出版社，2020.12（2023.1重印）
ISBN 978-7-5513-1901-0

Ⅰ．①时… Ⅱ．①张… Ⅲ．①随笔－作品集－中国－当代 Ⅳ．①I267.1

中国版本图书馆CIP数据核字(2020)第247298号

时光印迹
SHIGUANG YINJI

作　　者	张　婉
责任编辑	张　瑶
整体设计	孙毅超
出版发行	陕西新华出版传媒集团 太白文艺出版社
经　　销	新华书店
印　　刷	三河市嵩川印刷有限公司
开　　本	787mm×1092mm 1/16
字　　数	230千字
印　　张	17.25
版　　次	2020年12月第1版
印　　次	2023年1月第2次印刷
书　　号	ISBN 978-7-5513-1901-0
定　　价	58.00元

版权所有　翻印必究
如有印装质量问题，可寄出版社印制部调换
联系电话：029-81206800
出版社地址：西安市曲江新区登高路1388号（邮编：710061）
营销中心电话：029-87277748　029-87217872

目录

CONTENTS

自序 / 01

散文篇

失眠独语 / 03

美好时光 / 05

茶与可乐 / 08

陪孩子长大 / 10

生活中的过客 / 12

冬日暖阳 / 25

那些年 / 27

惊魂记 / 29

八一三 / 32

人在糗事中 / 34

随感点滴 / 37

别淘了猫咪 / 39

撞撞撞 / 41

传统美德 / 43

一位老太太的孤独 / 46

拉链 / 48

十年一青海 / 50

无奈 / 53

一扇窗的诱惑 / 55

墙头画报上的那个人 / 57

槐花飘香 / 60

寻根 / 62

多年后我们依然是朋友 / 64

转学记 / 66

小时候的传统节日 / 69

走入初秋 / 74

马虎小料 / 76

让时光搁浅　生命繁华 / 78

陕北的春天不再寂寥 / 80

艺术照 / 82

夏天 / 85

三九天逛东北 / 87

Andy / 91

小站 / 94

寂寞 / 97

致 / 99

嗑瓜子 / 101

陕北的春色 / 104

某夏某晨 / 106

那些在车上遇到的人 / 108

六十年代的爱情 / 111

怀念 / 114

冬至 / 118

下雪了 / 120

童话 / 122

黑与白 / 124

幽默源于生活 / 127

小说篇

滢槿 / 131

迷茫岁月 / 138

缘分 / 141

谁比谁幸福 / 145

蝌蚪公主 / 147

心劫 / 149

倾城恋 / 152

魔咒解除 / 154

小草的梦想 / 157

悬念 / 160

立夏 / 167

错位 / 179

我是谁 / 186

闺密 / 192

诗歌篇

我总在不经意间怀念她们 / 203

守候 / 205

秋与冬 / 208

纹路 / 210

风沙四月天 / 212

等雪 / 214

风吹过 / 216

一个最平常的夜 / 218

相约 / 220

我的布达拉宫 / 222

秋雨 / 225

告别2014 / 227

太阳花 / 229

风铃 / 231

希望 / 233

烟花 / 236

风筝 / 237

夜来香 / 240

我的鸡汤 / 242

春 / 247

黄土高原秋色 / 249

从此 / 251

附　录

好友出书记（张红香）/ 252

千里觅知音　回首咫尺间（孙晓瑛）/ 254

写给茉茉（史荣珍）/ 257

岁月如歌　温润如"婉"（侯寻）/ 259

茉茉印象（刘晓霞）/ 261

茉茉加油（郑红梅）/ 263

自　序

　　二十多年前，因为对小时候抚养过自己却又早逝的外婆无尽的怀念，写了一篇散文《在外婆的绿荫下》，发表在《延安文学》，从此，文字开始在我的世界展现难以言说的魅力。之后又有数篇散文、小小说在《延安日报》《延安文学》发表。再后来，我恋爱、结婚、生子，无暇顾及。

　　直到2009年，我开通QQ，被QQ空间的方便性和创意性所吸引，6月10日在电脑前敲出第一篇小作品《我和女儿》，心灵的又一次释放让我倍感愉悦。那个被称为"文学"的神奇世界的魔幻之门再一次向我敞开，多年来生活中积累的丝丝缕缕开始跃上我的键盘。到2018年，我共创作作品百余篇，十多万字。后来我又迷上摄影，两者在我的生活里相得益彰，带给我无数的精神享受。

　　对我而言，生活的本质永远是生活本身，而写作，就是那个熨平生活褶皱的法器，让生活充满质感。人的一生中，有太多的美好淹没在琐碎繁杂、无奈压抑的日子里。而写作，就像人生的四维空间，任由你天马行空，释放自我，让生活还原本来的纯真，保持一种平衡。

　　我的作品，是从"捡拾"开始的。从我无意中在QQ空间这个收纳盒放入第一个"小物件"开始，我的精神世界便找到了家园。我不再埋头急匆匆地赶路，开始在意那些轻触我心灵的点滴，开始多了一些漫步人生的浪漫气息。我把那些人生旅途中顺手捡拾起的物件拂去灰尘，记录并讲述它们。

每当我沉浸在自己五光十色的世界中，都会感叹：生活中的偶然回眸，无意间的驻足停留，不经意的俯身捡拾，在我的心里都是那样星光灿烂。如果与这样的美好擦肩而过，该有多么遗憾！那些或幼稚或成熟的文字总让我难忘其背后的故事和心情，回忆起成长中的跌跌撞撞，会为这些经过时间打磨的文字所呈现出的光泽而悸动。

一晃十年，当再次看着这些文字，我突然有了分享的冲动。在此特别感谢家人、闺密和知音的认可和鼓励，是你们的欣赏与共鸣让我突然发现，心与心的碰撞，才能闪耀最明亮的光华，也让我最终决定要用书这种仪式感很强的载体，去承载那些曾经拨动我心弦的人和事，以表达对生命的敬意。

无论生活的轨迹是平淡还是浪漫，喜悦还是痛苦，清醒还是迷茫，总是心存感恩、心怀感念、充满期待。在文字的世界里，用爱在司空见惯的平常里，习以为常的日子中，放飞自我，或轻弹浅唱，或荡气回肠，传递对人生的感悟，对人性的探知，对温情的希冀……诉诸笔端，一叶知秋，不求格调华美，只愿真情款款。

2018年3月于延安

散文篇

失眠独语

对我来说，失眠不一定非得有一个恰当的理由，这样就导致了一个挺糟的结果——经常失眠，周期性地失眠。就像今夜，本来睡意已浓，无意间瞟了一眼伯特兰·罗素的书，一本放了许久的书，顿时睡意全消。

伯特兰·罗素说：对爱情的渴望，对知识的追求，对人类苦难不可遏制的同情，是支配我一生单纯而强烈的三种情感。一个陌生的外国人说出了我的所思所想，不禁让我的心底掠过一丝隐痛。

我没有理由不渴望爱情，孤独的时候，失意的时候，甚至快乐的时候，我都渴望过。只是我不想说，我之所以耿耿于怀，是因为我更惧怕它。你不妨也想想，一个人怎么可能真正了解另一个人，又怎么可以完全相信另一个人的忠贞不渝？即使偶尔存在我们所期望的爱情，可那柴米油盐的琐碎，那不可避免的争争吵吵……就这样，我用怀疑的态度否定了爱情的定义，我似乎真的缺少年轻人该有的幻想与浪漫。失眠的时候，我就这样惧怕与绝望起来。

对于知识，我是先被动学习后开始热爱的，而不是因为想获得知识去主动学习。没有知识的生活令我怅然若失，痛苦不堪，可脆弱的意志又让我总是没有丰富的知识。我羡慕那些知识渊博的学者，我期望我是他们中的一员，当然那很难。我是一个追求知识而又不忠于知识的失败者。

如果说我的人生信念中还有一点值得自豪的东西的话，那必定是我的同情心。从老态龙钟的老人到露宿街头的小狗，从痛不欲生的失意者到纷纷飘落的秋叶，我力所能及地将我的同情心播撒到世界的每一个角落，许多人认为该同情或不该同情的我都同情。如果说"善良"是对我这样的人的一种褒奖的话，我已享受不到被称誉的快感了，因为我所付出的代价是被欺骗。这个世界上已有许多的东西不是真实的了，包括软弱、悲伤和痛苦等。

不用说，对爱情的渴望，对知识的追求，对人类苦难不可遏制的同情，这三种支配着伯特兰·罗素也支配着我的情感，却每每让我在这失眠的夜里扪心自问：我到底拥有什么？

失败的我在无眠的夜晚沉浸在改变自我的幻想中：黑色天幕里那星星点点的亮丽中不是也有牛郎、织女的泪迹吗？而我们更有七月七的祈盼。我发誓从明天开始决不再无所事事，我还要适当变得狠心一点，不再施舍每天必来的乞讨者……许许多多能让我成功、能让我快乐的事情，像一只只金色蝴蝶，在花香绿意里翩翩起舞……

失眠未必就是坏事。在一天的纷扰之后还能留一点时间给自己，未尝不是一件好事。

作者补记：我22岁时写下这篇文章，20年后再看到，被曾经那个满怀真诚、一本正经的女孩子打动。一切都没有远去。

美好时光

小时候，随外婆生活了几年，这成了我一生中最美好的记忆，潜移默化中影响了我之后对待生活的态度。

包容。在我一岁多时，父母因为要照顾哥哥，加上工作忙碌，把孱弱的我托付给外婆。在20世纪70年代，那是许多家庭中最普通的一件事情，外婆完美诠释了什么是勤劳、善良的中国传统式家庭妇女。从此，外婆给予我这个瘦弱、营养不良、不怎么可爱、有点蛮还有点笨的外孙女无私的爱，带我进入了童话王国。

安全。外婆从来不会嫌弃我的缺点，或者抱怨我带给她的辛劳，她永远都是慈祥的。在她面前，我会有无法形容的安宁感，她就是世界上那个绝无仅有、最风平浪静的港湾。

自由。外婆不会给我那么多条条框框，我只要做好真实的自己就可以了。在那个自由的世界里，我无拘无束、天真快乐。长大后我常常想，那时候我一玩起来，经常会忽视外婆，换作是我，一定会介意，可外婆好像从来没有不高兴过。

信任。外婆一直像对待成人一样信任我，也换取了我对她的莫大信任。我会给她讲我所有的想法，不用顾忌措辞，外婆也经常给我念叨她的事情。长大后想起，有的还挺重要的，可我从来没有外泄，要知道那时候

我可不是个能守得住秘密的人。

新鲜。外婆虽不识字，却是一个识大体的绝顶聪明的家庭妇女。她对这个世界充满了好奇，喜欢电影，喜欢戏曲，喜欢外出散心，喜欢很多新生的事物，她只是安静地享受那些突如其来的快乐。从我几岁大到我十三岁她离我而去，我经常会送小礼物给外婆，外婆总会欣然接受，让我无比满足。在方便面刚出现的时候，我攒钱给外婆买了一袋，表弟们看着泡好的方便面，馋得直流口水。我把外婆拉到桌子旁，强悍地把表弟们拦住不让靠近，外婆笑眯眯地享受着美食，最后也会征得我的同意让她的小外孙们一起尝尝。后来还多次听父母讲起外婆的一些趣事，比如有一次外婆来延安，刚好有戏曲演出，于是老爸用自行车载着小脚的外婆去听戏。我一想起这个画面，便觉得又好玩又温暖。外婆就是这样，永远尊重别人给她的善意付出。

沐浴在外婆强大的爱下，我的童年时光特别幸福。虽说那是个贫瘠的年代，但外婆的贤惠让我们生活充足，最重要的是精神非常愉悦。那时候，我的家乡宜君县还未开发，林区众多。夏天满山的野花，河谷有很多螃蟹，树上的知了整夏地鸣着，夜间的萤火虫飞来飞去；冬天雪地里成群觅食的麻雀，火炉里喷香的烤土豆，还有喜欢打猎的长辈们偶尔扛回的野鸡、野羊，都成为我童年记忆中不可或缺的要素。我会在外婆温暖的怀抱里安然入睡，会在睡梦中被外婆讲的那个狼吃娃的故事惊出一身冷汗。

外婆从没有嫌弃过我，没有刻意要求过我，但她期盼过、构想过我的未来。她总是笑盈盈地和我聊起这些，虽说我还不能完全理解其中的含义，但感觉长大是一件很美好的事情。

和外婆相处的日子，即使我是一只不会变成白天鹅的丑小鸭，那又有什么，没有什么比我总是感到快乐更重要。那时候，什么都是简单的，外婆会用她的言传身教感染我，当时我还没有什么特殊的感受。终于有一天，我醍醐灌顶，顿然觉悟，那时我才发现，外婆早已教会了我许多，让我的人生有了一个美好的开始。

没有什么是永久的，和外婆朝夕相处的生活终有一个节点。五岁多，我离开外婆去父母那里上学，只有假期可以与外婆共度，这真是一件让人沮丧的事情。还有更悲伤的，虽说外婆是顶级的好人，却不长寿，在我十三岁时，外婆与世长辞，永远离开了我们。我非常思念她，整夜整夜都是遇见外婆的梦，每次都是从睡梦中哭醒。大学毕业后，我终于将多年的思念变成人生的第一篇铅字稿，也了却了多年的一个夙愿。外婆带给我的幸福感在我潜意识中成了追求幸福的标尺。

如今，外公已九十三岁，因为高龄，头脑有时不是很清醒，经常会分不清自己生活在哪个年代，感情也脆弱一些。每次我去看他，只要认出我是谁，他都会哽咽着说："你小时候身体不好，现在好了。"我能在外公身上找到外婆的影子，回忆起他们当年对我的爱。

在时光的流逝中，关于外婆的许多事情我已淡忘，记不清她的容貌，记不准一些事情，可每次触及外婆的话题，温暖和悲伤的情感都会喷涌而出，有时候，我真渴望拥有外婆那样的能力。

2014年4月8日，曾一同被外婆抚养的表弟在微信中给我发来几张照片，让我猜猜是哪里。我依稀有些印象，好像是老家，小时候和外婆回去短暂地住过。他说是的，清明节他回老家拍的，他又问道："锅台那里你还拉过风箱，记得吗？"我努力回忆，却想不起来。表弟惊讶："不记得了？外婆做饭，你拉风箱，我也拉。"那一瞬间，曾经的美好时光如阳光洒向心间，温柔如丝，但我的遗忘令我无比沮丧。几天后，我决定写下这些文字，去释放心中的那些感念，希望给天堂中的外婆带去福祉。

让我再一次感谢外婆，感谢一生中经历的那些最美好的时光！

茶与可乐

清凉的夏夜，休闲的周末，最惬意的事情之一就是窝在电脑桌前回想一些有趣的事情，等待外出的家人归来。

桌上放着一杯茶，叶子在沸水中起舞，渐渐散开。我观赏着茶舞，思绪一轮又一轮。

对于饮品，一直以来，喜欢它带给我酣畅淋漓的快感。小时候，带着一身的汗，冲进家里，哪有耐心倒一杯热水等待它变凉，总会背着家人，从缸里偷偷舀上一瓢凉水，压着声音咕嘟咕嘟喝完，那是一件幸福的事情。如果家里恰好放着一大杯白糖水、橘子水或酸梅汤，那将是一件奢侈的事情。

再大一些，看到影视剧里的外国人都是喝罐装可乐，憧憬着自己也有那样畅快的一天。随着我国饮料市场的发展，渐渐开始了从健力宝到可乐的过渡年代。再后来，终于迎来我的可乐时代。刚开始，我都是用积攒的零花钱买下，在一个特别的时刻慢慢品味，很时髦很享受。再后来，没有了经济上的困扰，还和小时候一样，渴了就大口大口地喝，总能喝出一种幸福感。最喜欢喝着冰镇可乐吃火锅，最喜欢在换碟片的空当大口大口喝可乐，最喜欢喝着可乐看日出、日落。我的可乐时代，足有二十年，或更久些。

对于喝茶的人，我会有一种敬而远之的距离感，总觉得茶是老年人的饮品，比如我的奶奶、外公。除此之外的喝茶人，我会贴上平静、高深、迂腐等一些稀奇古怪的标签。

由于自身体质敏感，晚上喝可乐注定要失眠。曾几何时，就喜欢那种夜猫子的感觉，抱着可乐罐，度过多少个快乐的深夜。我以为，这辈子就会这么喝下去。

记不清从哪一天开始，饭桌上有人说，给你一罐可乐，我开始手脑并摇，不行不行，喝了晚上会睡不着，那语气代表了一种立场：失眠是痛苦的。于是惊觉，我的青春已在一罐又一罐的可乐中流逝。

在微信还没有盛行，在各种养生、保健的微友动态还没有铺天盖地时，我渐渐走出了我的可乐时代。

年华的流逝听不到声音，会让我们对时间产生错觉，每个人都是在惊叹中接受自己的成长。

终于有一天，茶，跃上我的案头。随着时间的沉淀，我欣然接受，懂茶的人，是有品位的人。

虽说依然是一口灌的性格，可心里已经开始相信茶会让我的后青春时代更具韵味。我试着去品尝它、了解它，慢慢向我人生的另一个阶段过渡。

从童年到青年到中年到老年，我们在不知不觉中走过。能在每个阶段活出特色，回想，遗憾应小些。人，原本也是在缺憾中成长。

茶与可乐，在我人生的不同阶段出现，谈不上好与坏，只是应景而生，还人生快乐而已。

赐吾一杯茶，自有清香在！

陪孩子长大

陪孩子长大，是一件既幸福又纠结的事情。书上的、网上的、长辈的所有经验，既有用又没用。你总觉得自己做得不够好，可怎样才是最好？

也许无微不至的关心是最好的，可有一天你或许会发现宝贝们不够独立！

也许开放自由的管理是最好的，可有一天你也许会发现宝贝们太过任性！

也许你够淡然，任由孩子的秉性成长为独特的风景！

也许你够执着，终把孩子培养成葱郁大树！

可你心底还是会有那么多不知足的地方。

也许谆谆教导最有效，也许朋友式的交往最温情……

陪我们的孩子长大，就是由那么多也许构成！

每一次，看到精彩的教子文章，都会被触动，都会去反省，但是你最终发现，那和你的实际相差甚远；每一次，看到周围那些传统意义上成功的父母，也会被刺激，可后来发现，那些教育方法用在你孩子这里又适得其反。有时候，你终于看到了完美的结果，可十年或二十年后，当年的完美又可能成为缺憾。

在我们小时候，父母总是那样不近人情，总是和我们有那么大的代沟，虽然我们从来不怀疑他们对我们的爱。长大后，我们发誓，要做最好的父母，当年父母对我们的那些不理解绝不再发生，可有一天你发现，孩子眼中的你，就是当年你眼中的父母。

当今的政策和社会环境，让我们这代人对自己的子女有了更多的关心空间，如果心够细，那可真是英雄遇时势。可我们的成就感丝毫没有比我们的父母高多少。

孩子们成长，我们也成长。我们十八岁成人礼，然后我们成家、为人父母，然后我们的孩子长大。有一天，我们老了，看到了很多事情的结果，知道人生中什么更重要，不会再像当年要求儿女们那样要求孙子辈，我们终于成熟了，但好像又不是那么回事。

我们努力追求的"淡然"意境，说到底是一种美好的"心灵动态"，可我们却拿着"处事原则"的标准去误解和要求。有时候会胡思乱想：养的花草，为什么那些精心看护、每天莳弄的，都长得差点精气神；可那些不经意照料的，却总能给人莫大的惊喜？这怎么看着都像是培养孩子的感觉。

我们太希望自己的孩子有一个完美幸福的人生，所以我们努力为他们的人生铺路。爱得越深，难免心急到失态；爱得越浓，难免神经敏感。

作为父母，我们其实并没有多少成熟的见地，我们只是有着时时刻刻勤奋学习的态度，我们在努力为孩子们撑起一片永远明媚的天空。

生活中的过客

一

我家所在的巷子里,每天人来人往,时间长了,看熟了一些面孔,但很长时间里,并不知道他们真正是谁。

有时,会遇见一位看起来七十多岁的老奶奶,不到一米五的个头,瘦小,罗锅。如果要问遇见她时曾有什么印象,"弱者""可怜""普通""极其单薄""走起路来有点颤颤巍巍",似乎都极其合适。

某日大清早,送女儿上学,从巷子穿过,迎面寥寥数人,"女主角"驼着背缓缓走近,突然,她双腿交替弹踢,触及伸展的双手。我的大脑"掉线"数秒,一片空白。等我缓过神来,她已继续缓缓前行。我被"雷"到了,以为产生错觉,尽量装作平静,偷偷瞥去关注的目光,没多久,老奶奶又一次证明了她身怀"绝技"。

几个月内,也就遇见不下十次,偶尔看到她双手拍肩的普通锻炼模式,也会忍不住偷偷观察,期待下一秒发生"奇迹"。

某天,又遇到了,老奶奶抬高一条腿,放在以砖石为底座的铁栅栏上,用手去压。那个高度,我从来没有尝试过,应该做不到。

我经过老奶奶的身旁,她警惕地看着我,并不友善。我却有一种恶作剧般的亲切。

二

　　从我家到单位的公交车上，经常会遇到各式各样的售票员。在我们这座城市里，总体上来说，他们大部分属"豪放派"。这从他们对那些持老年证、行动迟缓的长者往往不耐烦的态度上可见一斑。我虽说属于"年轻、行动敏捷派"，但也常常因赶不上售票员的思路被训斥得面红耳赤。好不容易遇到个"温和派"，会让人记得长久一些。

　　她，是我在公交车上遇到的第一位因形象好而过目不忘的售票员，行事干练、有分寸，在对待公交车上的各色人等时，分寸拿捏得恰到好处，属于温和加直率型。这对我最大的好处，是上车后不会因自己反应稍慢一下被冷眼和冷言，或武力推搡。我对她太有好感了。

　　一不小心，狠狠地享受了一段时间她的服务。之后又有很久没见，还挺怀念。

　　过了段时间，无意间在地方新闻台表彰全市先进个人大会上看到她的面孔，再后来，又在报纸上看到挺多关于她的宣传。我佩服自己的眼光！

　　再后来，我在公交车上再次遇到她，便开始偷偷留意。我发现车上有很多人都在观察她，不时还有乘客大声议论。

　　显然，在她身上发生了一些变化，方言变成了地方普通话，招呼乘客非常非常细致，非常非常客气。即使有乘客胡搅蛮缠，她也是耐着性子劝说，甚至动作因为太过刻意而显得不协调。一路上，她为了照顾乘客说了太多的话，额头渗着汗。我一下车，长长舒了口气，怎么她工作，倒把我看累了？

　　她的遭遇是许多人的缩影。

　　我给她贴上一个标签：本分！觉得不合适，撕下，但又想不到合适的词。

三

2011年一个夏日的周末，我和亲友去农家乐休闲，我们一到地方就整理行装去附近的山上转悠。

大家难得相聚放松，很快就找到各自的乐趣：大人们不时对着镜头摆出各种姿势；孩子们则抱着巨大的希望，看能不能在某家农户中找到一窝刚出生的小猫、小狗或者小鸡，那可是不错的运气。

才爬了一会山，我就有点气喘，停步、叉腰、抬头，看到了一家农户家门口站着一个背对着我们的小女孩，两三岁的模样，穿着小裙子，挺可爱。旁边站着的应该是她的奶奶，在劝说着什么。老人一抬头看到我们，就对着小女孩喊："快看，这个阿姨给你照相。"奶奶绽开的笑容感染着我，我笑着点头，然后走近举起相机。小女孩回头的瞬间，我心头一紧，那烫伤的面部、颈部、胸部刺痛了我敏感的神经。奶奶轻挪着孩子的身体，让她配合我的相机。小姑娘在阳光的刺照下，微皱着眉头，在我还没来得及反应时，小姑娘怯怯地、陶醉其中地用手摆了一个"V"，口中喊着"耶——"。我小心翼翼、极度亲切地让她再做一个动作，不难看出，小家伙的动作还挺多！

那天，我为小女孩拍了很多照片，她很快乐！

回家整理照片时，小女孩触目惊心的伤疤与纯真的眼神形成强烈反差，更让我心痛。我实在无法面对这些照片，只好一张一张删除，最终保留了一张，作为纪念。

因为对这些照片所产生的记忆，我一度很烦自己内心的脆弱。

祝福小姑娘一生平安、乐观豁达！

四

他们是一对年近七旬的老年夫妇，因为经常一起打羽毛球而闯入我的视野。他们身体健康，行动算得上敏捷，在浮躁的当下，二人的世界独具特色。

某天和一位亲戚恰遇那对夫妇在打球。我家亲戚提醒我看那一对老年夫妇，并注视良久，满眼的羡慕之情。我说我早就注意到了。

一首红极一时的歌里唱道："我能想到最浪漫的事，就是和你一起慢慢变老……"这对老年夫妇，用自己的健康和普通生活打动了许多人，他们就像是这首歌的现实版本。

我站在那里看他们，就如同看日出日落，美好、安静、踏实、祥和。

我想，我们之所以追捧这种普通的浪漫，也许源于对生命无常的敬畏。

如果，生命有得选；如果，这个世界一片纯净；如果，我们都遵循自己内心的感受……我更迷恋在这样的氛围里滋生的那种浪漫。

感谢每一道触动心灵的人生风光！

让我们为未来默默祈祷！

五

已经好几个月了，再没见那个卖煎饼的人。我每天穿过巷子，都会想起他，想起他推自行车卖煎饼的样子，想起他的病，同时也会想起很多人。

我住在这里十几年了，记不起他什么时候开始出现在这条巷子，记不起怎样不知不觉就开始认可他做的煎饼。他的样子让我一直联想到架着深度近视眼镜的姜文，再回头给他特写，又觉得并不怎么像。偶尔买他的小吃，没有强卖，没有算计，没有热情过度，也没有不买后的恶相流露。

之所以会注意他，还是因为听友人说他的两个儿子很争气，一个上了不错的大学，一个正在备战高考，考上好大学也是迟早的事。据说孩子们的学费、生活费都是他辛苦操劳赚来的。给我讲这些的不止一人，每位都充满羡慕之情。

突然有一天，我意识到很久没有见他了，就问家人，那个卖煎饼的哪儿去了？不在这一带活动了吗？难道也和那个卖了多年烧烤的人一样，去饭店做大师傅了？女儿第一时间从同学那儿获得了消息，说是病逝了。我一下子觉得这件事情难以置信，不愿相信一个人的生命会这么脆弱，就这么悄无声息地消失了。于是，进一步去了解，最终确定是得了胃癌，正在治疗中。

那个人就这样消失在这条巷子。过了段时间，他的地盘被另一个卖煎饼的男子占据。不难看出，那名男子人气不怎么旺，生意做得有点煎熬，没多久，那名男子再没出现。就这样，我们这条巷子里没有了卖煎饼的小贩。

每当我穿过巷子，都会想起那个卖煎饼的人，脑海中闪过他的病、他的孩子、他的艰难生活，我会嗟叹人生的无常。而他推着卖煎饼的自行车最常驻足的那座大门，就像一座悲伤之门，我路过时会轻轻触痛神经。

他再也没出现在巷子里，可我却总也忘不掉，那就让他留在我的文字里，如果上帝可以看到，祈祷命运善待努力的人！

六

他是我的王叔叔。

小时候，王叔叔是我家的邻居，他们家和我们家来往甚密。王叔叔的前妻我没见过，和我们做邻居时，他的妻子是一名北京知青，英语教师。那时，他们家很洋气，人洋气，用的物件也洋气。他的儿子小我几岁，聪明得让人嫉妒。

他和北京知青感情极好。我记得，北京知青最大的苦恼是：他的前妻总来干扰他们的家庭生活，不是感情上的干扰，而是砸门撬窗，不明就里的破坏型干扰，甚至会带着王叔叔与她的两个孩子来闹事。王叔叔的脾气、涵养很好，从来不予理会。北京知青虽然气愤，但也无可奈何。

王叔叔是父亲的发小，很小就父母双亡，由哥嫂带大。父亲一直说王叔叔打小就聪明、帅气、实在。说到这里，强调一下他的实在，北京知青有一次给父母叙说，王叔叔打水时捡到钱，然后就站在原地等着丢钱的人。

他的前妻是那个年代的名人，长相漂亮，个性张扬。以他的性格，自然逃不过这场桃花劫。后来，前妻用她的跋扈对他极尽不尊重和折磨，最后她又提出了离婚。

北京知青喜欢王叔叔，她的洋气和通情达理成就了他们的婚姻。对他们的幸福生活，我有很深的记忆。他们的儿子十来岁时，按政策知青可以返京，北京知青自然是要回去的，大家对他们的婚姻充满担忧，王叔叔相信承诺，同意她离开。

他再去北京看她及儿子，就有了外乡人的隔阂。他融不进那个圈子，自尊也不允许他无根无基地生活在那里。在北京，他给不了她想要的最基本的东西——周围人的正常眼光。一切都土崩瓦解，即使她对他的感情并未减淡。

他成了孤家寡人，孤苦伶仃。我家和他最亲近，节日里，父母总会邀他一起来家共度。

北京知青后来在北京成了家，找了一位年长许多的伴侣，但对王叔叔依然有着亲人般的情谊。

很多年后，我从大人们诡秘的谈话中窃听到，一名未婚年轻女子死心塌地喜欢上了王叔叔，俩人有更进一步的打算。可是，那种行为在当年称得上惊世骇俗，不顾世俗的眼光不像电影中那般简单，所以最后就没了结果。

又几年，王叔叔得了病，之后留了些后遗症，对行动有一点影响。他过着城乡接合部的生活，当有一天准备和一名农村妇女结婚时，所有人支持并嘘唏。生存比生活更重要。

王叔叔在五十多岁时，突然病逝。

有时候，我真的不知道，是性格决定命运，还是一个人的命运早已注定。

七

去年年底，老妈去了广州，回来给我提起翠萍——小老舅家的女儿，

那一刻，勾起了我很多儿时回忆。

翠萍年长我两岁，对她的长相我已没有任何印象，而她深深印在我脑海中的故事是：我上初一那年，翠萍要去广州给大老舅的女儿带孩子，大老舅在早年革命时期留在广州，曾在一家蔗糖厂任厂长。往前几年，大老舅曾携家带眷荣归故里，一家人的港台范儿让我们这些小地方的孩子梦游般迷了很久，所以去广州这件事，对翠萍一个乡下孩子来讲，无疑是一大惊喜。

我不知道我俩的友谊始于何时，只记得当时，悲伤之情弥漫于我俩之间，好像说了许多离别的话，然后驻足在一家小卖部，那里有两枚胸针，一枚漂亮一点，一枚逊色一点。我掏出两角钱，买了那枚逊色一点的；翠萍狠狠心，买了另一枚。然后，我把我买的那枚胸针作为离别礼物别在了翠萍的胸前，翠萍在不舍和犹豫中给我的胸前别了那枚漂亮一点的胸针，我们的友情更深了一层。在我童年和青少年的记忆中，这是我处理事情最具"智慧"的一次超常表现。

从此，翠萍的故事都是通过别人转述的。

我不知道翠萍的性格比较刚烈。翠萍去广州时，大老舅已过世，大老妗一家的生活习惯和家乡差别很大，翠萍多有不适，用较激烈的方式去对抗，最后便离开了大老妗家，在广州另谋出路，那还是20世纪80年代中期的事。

我也不知道，翠萍是浪漫的。小老舅一家都是忠厚、善良、保守之辈，对一个女孩子独自留在广州无论如何都接受不了。于是，小老舅千里迢迢去广州，最后在迪厅找到了翠萍。当时翠萍已谈了对象，小老舅强行带翠萍离开广州。据说她那位男友追着开动的列车挥泪如雨，翠萍一边哭，一边用广东话大声倾诉着离别不舍之情。还有一点必须说明，当时，翠萍从广州带回一只超大的毛绒玩具，在那个年代，简直奢华至极。

回到村子，翠萍的精神状况一直不佳，哭哭啼啼，神神道道。小老舅把翠萍关在家里一段时间，实在没辙，只好放任自由，翠萍又回到了广州。

当时，大家普遍认为，翠萍误入歧途，后果将不堪设想。

当我成家的时候，翠萍的孩子已经很大了。一切和大家当年猜测的并不一样，翠萍的老公就是当年追着火车跑的那位男友，俩人的小日子过得颇为红火。只是命运不济，前几年，翠萍的老公意外去世。略为欣慰的是，婆家家底还行，善待翠萍，现在也可以正常维持生活。

去年我回老家，在小老舅家看到翠萍一家人的照片，向小老舅问起翠萍，小老舅给我讲述翠萍生活在广州的点滴，对女儿的牵挂溢于言表。

有时候，我在想，如果翠萍当年没有去广州，她会拥有怎样的人生？

还有，当翠萍向老妈问起我的近况时，是否忆起了那枚胸针？

八

二十年前，我和苏苏相遇在那所比上不足、比下有余的大专院校，那是我十几年学生生涯的归结地，对得起我的付出和努力。我在短暂的稳定感和庆幸感之后，怀揣不切实际的理想去认识我的学校和同学。然而，现实的骨感打击了我，我无可奈何地接受了一切。

进校一个星期左右，某天中午，下着大雨，我们一行学友从教室返回宿舍，一切显得那么糟。突然，身旁的苏苏看着天，用手接住雨点，瞪大眼睛，特文艺地说："哇，这里真好，下雨都不用穿胶鞋。"苏苏的兴奋刺激着我的神经，我看看周围平庸的环境，崩溃到极点。那晚，因为那句话，我一个人悄悄哭了大半夜。这算是苏苏第一次在我心湖中荡起深深的涟漪。

刚开始，苏苏有点儿特立独行。早晨，她会从食堂买一打油饼，这一打油饼就是她的午餐和晚餐。刚流行织毛衣那会儿，她不停地织毛衣，她说，弟弟妹妹还没穿过毛衣。周末有时她会骑着自行车回家，当我知道苏苏的家在很远的乡村，她要把学校发的补贴省吃俭用留给家人时，心里默默地感动着，浮躁的心境开始一点点接地气。

苏苏平时有些害羞，不化妆、不进舞厅、不穿高跟鞋，她仿佛只是远远观望着我们那个年代大学生的基本生活，脸上挂着单纯的笑容，看着我们可着劲儿地折腾。我非常希望她能和我们一起折腾，于是成天黏着苏苏要给她化妆，可即使我嘴皮磨破，热血散尽，苏苏也会在出宿舍前，把好不容易沾到眉上的那点黛色擦掉。当她听我讲舞厅趣事时，会把眼睛睁得大大的，不停地"哇——"。她略显夸张的反应，让我更坚定了同化她的决心。我和她就在这种你进我退、我退你进的斗争中增进着友情。

当苏苏遇到自认为没有意义的事情时，经常会有"惊人"之举。有一年，学校来了个英国老头儿给我们代课，他比中国老师都教条地对我们进行着"填鸭式"教学。由于之前的外教均非常有魅力，全班形成的国际友谊礼节根深蒂固，突然变了个频道，同学们一下子找不到表达不满的合适途径。没想到苏苏竟敢第一个在课堂上玩失踪，我看着她的空座位，揣测她的去处，回宿舍后发现她正坐在宿舍的床铺上，大声地朗诵散文，完全没有平时的羞怯。过了一段时间，那个英国老头儿的课堂只剩下三五个各忙各的学生，可他丝毫不为所动，像一部拧了发条的机器，只要往那儿一站，就念着呆板教条的一二三四。我记忆中，那可怜的老头儿应是合同期最短的外教。

苏苏不太倾心我们的专业，所以不算努力，可成绩却从来不俗。她喜好文学，很多时间都沉浸在浪漫的文学作品中，她写的诗歌散文，永远都是高山流水式的清远。我俩不是闺密，可喜欢在一起疯闹，一起去偷校园里的月季花，一起商量写一部小说，一起度过很多快乐的时光。

我在苏苏眼里，完全是另一个人。她会由衷地赞扬我成熟、聪明、老练等，种种赞美让我对自己充满了信心和新奇感。

毕业后，苏苏回到了家乡，成为一名乡村教师。

多年后，苏苏以第一名的成绩应聘到县城的省级重点高中，现在向学生传授着知识，过着夫贤子聪的生活。

去年，苏苏和我在网上隔空对话。她问我当年她是不是很傻。

我没法阻止想写苏苏的念头。

感念我们的青春！

九

曾经有一个故事摆在我面前，让我惊异于平凡的周边有不平凡的故事，我开始重新审视故事的主人公——一名凡夫俗子。我宁愿不曾见过主人公，那样故事才更有想象力。但故事总会不经意间跳上心头，那就让那些模糊的过客用他们曾经的惊涛骇浪去触动我们的神经吧。

故事追忆到三十年前，他和她相遇在某一所高中。他，家境富足，才学惊人。她，清新雅致，虽努力有余，但才学平平。他疯狂地迷恋她，于是他成了她的专职辅导老师。第一年高考，他一举中榜，她名落孙山，于是他放弃了那所知名大学，决意留下来陪她补习。他为她的梦想拼尽全力。第二年高考，他根据她的水平填写了同一所大学，功夫不负有心人，他们进入了同一所还不错的学院，他们的故事让莘莘学子艳羡。

那样一所大学，他游刃有余，她刻苦努力。于是，他贪玩的心一发不可收拾。她做不到一直陪他玩，他也不再陪她夜夜苦读。毕业季，她希望他们能一起去考更大城市的研究生，但他希望他们有安逸的生活就可以了，于是最激烈的一次分歧发生了。她如愿考上了中意的学校，他负气决意放弃追随她的步伐，于是，他们就这样分手了，结束了八年的恋情，她背着所有的骂名默默地离开。从此，他们把彼此刻在心底那个深不可测的地方。

在以后的二十年时间里，他在一个二线城市的大型企业就职，是单位的中层领导，娶得貌美贤妻，女儿得父遗传，聪明异常，在国外上大学。他看起来懒散、清高，据说身边总不乏美女相随。

她，毕业后留在一线城市的一家外资企业，后出国深造定居国外，现在在一家著名的跨国公司担任要职，再也没有回来。

这就是他们的故事。

以前，偶尔听到他的花边新闻，也只是听听而已，并没什么特别。有一天，无意间知道他的过往，才明白，他是一个藏着故事的人。他是有点不羁的感觉，但他的妻子接受他的一切。

当我听到这个故事，听到她执意要上研究生，一手造成他们的分道扬镳时，我对她是不屑的；当知道她现在的生活距离我们那么远，那么遥不可及时，我对这些事情又有了不同的观点，对她的奋斗精神给予了莫大的敬重。

他对感情的执着是令人感动的，她对人生理想的执着是让人敬佩的。他们本是一心要在一起的。那些年，她璀璨了他的生活，他温暖了她的心灵，没有谁负了谁。

错的时间遇到错的人，几十年过去，他们的结局让我们唏嘘！

命运、缘分，让我们感动的永远是生活中那些真实的情感。

十

Mr.Zhang

原来一直想，第十篇的人物一定要有特殊意义，才衬得出我追求完美的性格。天遂人愿。2014年10月，我不幸骨折，于是Mr.Zhang就这么闯进了我的生活。

Mr.Zhang是两个人，一个是我的手术主刀大夫，因年长我十多岁，姓张，就暂称之为大张教授；一个是我的康复治疗师，因小我十多岁，也姓张，就暂称之为小张专家。

NO.1：大张教授

2014年10月，我右腿胫骨平台意外骨折，伤势严重，须手术。在种种机缘巧合下，大名鼎鼎的张教授成了我的主刀大夫。

我总共只见过张教授三次，他却像神一样驻在了我心中。第一次是术前检查。张教授一出场就气宇不凡，自信果断，三言两语使我茫然无助的心落在了实处。第二次是术中，张教授温和地和我打过招呼，就带领助手如指挥千军万马般操刀手术，他的气场让我在手术台上心无杂念、充满禅意。第三次是术后，张教授来看我，如温暖的阳光，他告诉我手术非常成功。

之后，我和张教授都是通过电话和短信联系的。张教授的表达言简意赅，但对于他认为重要的问题，会尽心讲述，反复强调。

我对张教授非常"迷信"，他的一字一句对我而言，就是真理。当张教授发来短信，告诉我病情好转时，我在病房里尖叫狂呼，形象"癫狂"。

这就是技艺超群、医者仁心的张教授。

【中场交代】

术后第四天，问题来了，当第一次解开支具（类似于石膏），开始被动锻炼时，才发现我的伤腿除了还有知觉，和瘫痪没什么区别，功能几乎完全丧失。所在医院的骨科虽说尽了最大努力，可康复却不是他们的专长。在第五天的功能锻炼中，疼痛让我几近崩溃，我一整天沉默寡言，补齐了摔伤以来所有的泪。据大夫讲，如果我的膝部弯度半个月达不到九十度，可能需要二次松解手术；如果三个月弯度达不到正常，我有可能会落下一点残疾。我该怎么办？

记得术后，大张教授临走时说过一句话：后面的恢复可能有点艰辛。刚开始不理解，心想那么大的手术都做了，还有什么艰辛？原来这话是为小张专家的出场埋下的伏笔。

NO.2：小张专家

中国医科大新一批的共建专家要来基层医院指导三个月工作，海报上写着：张某某，康复医学科技师，康复专家。

术后第十天，我抱着巨大的希望，忐忑地来到小张专家面前。他看起

来安静沉稳、经验老到。我有太多的问题和困扰，于是小张专家先是给了我承诺，然后开始了治疗。

从治疗体验和治疗信心上来讲，幸福来得太突然，但治疗效果有待观察。为了能尽快康复，刚开始我没有完全听从小张专家的指导，回到病房自行增加锻炼强度，第二天治疗时，果然如小张专家之前所说的那样，膝部肿胀，进展受限。那天，平和的小张专家有些生气，我也自知理亏。好吧，后面全听他的。

没几天就到了半个月，小张专家的第一个关于九十度的承诺，就那么平静地实现了，而之前这是多么不可想象。

如果治疗的手劲需要加重一些时，小张专家就讲故事，讲笑话，聊东北，聊陕北，有一搭没一搭。注意力分散了，疼痛自然感觉少些。

信任就这么一点一点建立起来。

每一天，我都在进步。摔伤以来，我第一次自己穿袜子，第一次把脚放在洗脚盆里洗脚，第一次自己穿裤子，第一次站在窗前看街景，第一次拄着双拐走路，第一次在电脑前敲字，第一次脱拐试着走路……

两个半月后，我的伤腿功能达到脱残指标。

有时候，偶尔在医院过道看见穿着便装、带着孩子气的小张专家时，心想，他就是那个每天给我信心的专家吗？可见工作服在提升专业形象上有多么重要。

在我已经完全看到成功的彼岸时，小张专家要走了。最后一次治疗中，小张专家耐心交代着注意事项，我却如在黑暗中迷失了方向般无助。

到了道别的时刻，我哽咽、落泪。

【结束语】

他们，在自己的领域尽职尽责，让多少人从不幸变成幸运！

冬日暖阳

冬天，在爬山虎渐渐黯淡的叶子中来临。上周，我还惦记着要去拍照，那萧条的土墙上残余的一抹红撩拨着我的心，可终究没有去，一夜寒风吹散了所有的颜色。只能等明年了！

去年的秋冬时节，我本来看中了另一墙的爬山虎，它红到绚丽时，没有去；它独领风骚时，没有去；最终叶子落去。好吧，明年再去！可第二年，它却被连根拔掉，做了其他用途。虽说，回忆它的故事只是平常生活中的一点俯拾之乐，失去，不至于伤感，却还是会留有遗憾。

夜晚，走在路上，寒风卷起枯叶钻进衣领，冬天才刚刚开始，已经这么冷了！

春、夏、秋、冬，又到了一年之末，好多事情还没有来得及做，青春已开始远去。

终于等来一个艳阳天，阳光透过树枝洒在屋顶，碧蓝的天，斑驳的影，怀旧的歌曲，香浓的奶茶，喜欢的书本，还有亲人的嬉闹。暖阳，是冬日慷慨的赐予！

儿时和青春已在不经意间逝去，我已走过人生最美的年华，开始有了一些回忆的资本。如果以后安逸，我把这种日子叫美好；如果以前无悔，我把这种日子叫灿烂。不论怎样，我都会感恩！

只是我会感叹，感叹岁月总是在无声中让你步入一个又一个无奈的时光，留下一个又一个无法抹去的痕迹，等你惊觉时，一切已成过往！

人的一生，放烟花时会欢呼雀跃的岁月并不久，看流星时会痴迷忘返的时候也不长，任性地背起背包想去哪里就去哪里的时光也有限。过去，我们不理解长辈们面对很多事情的含蓄表达；现在，我们开始慢慢明白是岁月让人们学会了沉淀，学会了包容和欣赏。

我们会看着我们的孩子长大，会面带欣慰笑容看他们从我们手中接过青春的接力棒。

陪父母慢慢老去，是我们的责任；陪孩子快乐成长，是我们的幸福；和伴侣浪漫一生，是我们的幸运。人生无悔，大致如此吧！

只是，想得再好，我们都会错过一些东西。

错过了寒风，错过了枯枝，不能再错过冬日的暖阳，不能再错过那一场漫天的大雪，我们得学会为自己负责！

人生，可以不精彩，但不可以寂静无声！

就像冬日，温暖的午后舒畅的心情。

那些年

曾经，以为很多事情很重要；曾经，以为那些事情会改变自己的人生；曾经，那么年少，那么轻狂；曾经，又是那么不堪一击。

那一年，最溺爱自己的外婆去了天堂；那一年，才知道自己有预感的特异功能；那一年，每晚我会在梦中和外婆相遇，那些夜，她总是不理我，任我在委屈中一次次哭醒；那一年，小小年纪，却像被施了魔法般蜕变成长。

那些年，我坚信离开家乡上大学才是真正的上大学；那些年，我终于挣扎着离开了父母。前一晚，我梦见了朝气蓬勃的校园，但到学校的第一天，送我的母亲即将离开，我和母亲却像生离死别一般。一个人放飞的感觉并不妙，我才知道待在母亲身边，即使被她训斥也是好的。

那些年，对朋友总是掏心窝子的好；那些年，年少，难免轻狂；那些年，体会到不是所有人都和自己一样；那些年，总会被自己的英雄气节所感动。总以为有些坎过不去，总会为别人的过错买单，有那么多毛毛雨般的烦恼！

那一晚，因为罗曼·罗兰的一句话而失眠；那一晚，因琐事而大发感慨；那一晚的牢骚，在小报的某一角出现。谁曾想到，二十年后，无意间看到当年收藏的报纸，竟脸红得无法看完。

那些年，经常和闺密促膝长谈；那些日子，总有说不完的故事和猜不透的未来；那些年，总有些忧郁的气质像在眉宇中生了根似的挥之不去。

那些年，有了独享的秘密；那些年，经过了一些轰轰烈烈；那些年，终于明白了人生的真谛。

这些年，会把快乐或不快偶尔记录；这些年，无意间会看到这些简单的文字，却猜不透当时记录的那些关于不快的隐晦文字到底是什么意思，健忘得恰到好处！

在这样一个秋季的雨夜，听着女儿均匀的呼吸声，等待着钥匙开门的咔嚓声，感受着自己的生活！

惊魂记

某日下午，女儿让我帮她修手机。于是我拿起包，把宝贝的手机放在平时放手机的夹层里。我的手机顺手放进包里，拉好包链，还把包链护在身前，又用手捏住，便放心地上了公交车。

车上人不多，还有座位，两站后，人多了一些，一位老太太上车，我赶紧让座，老太太的谢意和车上个别人的稍加留意让我有点害羞。我站在老太太旁边，身边是一名看起来很老实的年轻女子。车刚行一会儿，我便觉得有人动我的包，不觉惊了一下，赶紧低头，看见链头好好的，侧面的小拉链也好好的，摸了摸，女儿的手机也在；看了看周围，就那名年轻女子靠我近了些，随着车的颠簸不时碰我，再无不妥。如此反复三次，车快到站时，我实在觉得不对劲，于是稳了稳身子，腾出手来把整个包拉到身前看了看。这一看，大惊！包大开着，女儿的手机还躺在里面，我的手机却不翼而飞。我回头大声质问那女子："我的手机呢？！"那女子一副无辜的表情。我对她说："你等会儿，我找到手机你再走。"我给旁边座位上的一名中年女子说："让我坐下，检查一下我的东西。"中年女子迅速站起来，我刚坐下，还没来得及翻包，车到站了，刚才站在我旁边的女子突然从车厢里穿过人群往外跑。我起身去追，并大声说："快把人拦住，小偷！"车上有人跃跃欲试。女子扔下了自己的包，在我快要抓住她时，一名二十岁左右的年轻男子先抓住了她，我赶紧上前，厉声大喝："把手机给我！"等公交车的人很多，围在旁边，那女子欲挣脱，我一手抓着她的手腕，一手继续护包。女子打着"没有"的手势，表现出聋哑人的姿态。

这时，车上又下来两个二十岁左右的男子，其中一人捡起那女子的包跑来，给我打开，里面只有一点纸屑和一支口红，就是没有手机。我给那名抓住小偷的男子说："你帮我抓一下她，让我检查一下包。"男子说："我没办法抓。"旁边人也如此反应。随后，他说："让我帮你看包里有没有手机。"我看他一眼说："帮我打110。"他们几人你一言我一语："你确定是她？""你确定打110？"我说："你帮我打一下我的电话。"然后他们都假装在拨，我问道："你们不知我电话号码怎么打？"那名男子赶紧问我的号，随后又拨，说："通了。"我听包里没声音，周围也没声音，那名女子又欲挣脱，我紧紧抓住，并用身体挡住她的去路，加上周围群众形成的气势，她又安定了一些，一个劲儿作揖让我放她走。

这时另外一名男子问我手机开的振动还是响铃？我说有声音，并催促他们打"110"。我环顾四周，看见了一名离我最近，正在等公交车的中年女子正在热心地关注事态，我赶紧求救，她迅速配合我检查女子的包，在包的最底层找到了我的手机，并证实它一切安好。我松了手，并警告那名女子："走吧，以后小心点。"车上下来的那几个年轻人也跟着散了，再看公交车，也走了。脑子随即想起公交车经过时，车窗里探出的人头和好奇的眼神。

路边的行人你一句我一句问事情缘由，我简要描述，那位帮我的中年女子一个劲儿感慨："多险！"几位路人一边感叹小偷的无良，一边夸我胆子大。然后听到有人问我："那几个男子是怎么回事？"我说："一伙的。"大家又感叹一番。我觉得自己张扬得也可以了，撤吧！

一离开人群，我一刻也按捺不住赶紧给我家先生打电话汇报，汇报完后，终于平静了一些，心也不怦怦跳了。

　　之后见到女儿，添油加醋地跟她讲述，唯恐她觉得我不够英雄。谁知女儿听完后，失望之情溢于言表，她认为的结局应该是这样的：1. 我扭送犯罪分子至公安机关；2. 如果我是警察，会亮出证件，犯罪分子什么都交代了。

　　再有，见到我家先生时，他怦怦的心跳声和电话里的淡定极不相符。嘿嘿！

反思：

　　1. 小偷的偷盗手法日益高超，护住链头使我大意，他们不知采取何种方法，竟能将拉链随意打开。而且，我的拉链重新拉住后，也未见任何损坏和异常。

　　2. 因女小偷未能得手，故下车后引来小偷群体与我周旋，如果当时把包给了那名男子让其检查，怕是肉包子打狗——有去无回。

　　3. 乱有乱的好处，因我的包包一贯管理混乱，小偷打开后可能晕了头，无从下手，也助我没有损失。

　　4. 不要奢望有人会见义勇为，但在闹市区，正义的气场还是有的，不过要见风使舵，没了气场见好就收，否则为捡芝麻丢了西瓜就没意思了。

　　5. 积攒经验很重要，因前段时间有过一段小插曲，所以无论如何，包是不可以随随便便交给外人的。

八一三

2011年8月13日，种种迹象表明这是一个非同一般的日子。前一天，女儿高烧不止，钢琴过级考试时间突然变动，我好不容易调整的五天假期还没开始就一团糟，隐隐不安中，我做好了准备。

虽然知道奶奶不会坚持得太久，她那种致命的病得了有好几个月了，而且已八十八岁高龄，但让人接受事实仍是一件难过的事。

奶奶的一生人强命强，衣食无忧，极善言辞，精于人际，几乎没有人是不让着奶奶的。论其一生，只有爷爷离世过早是她最大的遗憾。因我从小是外婆抚养，而外婆在我心目中又是完美的化身，所以在外婆离世之前，奶奶的存在总是和麻烦、无理、霸道画上等号。现在，我还能清晰地回忆起小时候奶奶按自己的意愿把我从外婆身边强行接走时，我的那种忐忑和不安。还记得，外公为了把我从奶奶那里接回去，两位老人在院子里大动肝火的情景。奶奶太强势了，我对外婆的爱遇到奶奶一环又一环的盘问，也要退避三舍，最后都会演变为奶奶扬扬得意的说道，外婆在我面前从未埋怨，外公则经常抱怨。

我十三岁时，外婆突然离世，因为暑假我没及时回老家，最后一次见外婆是寒假的事，我几近崩溃。再到假期，我只能去奶奶家，别无选择。我总觉得她的爱是划分等级的，我带着一种怯怯的讨好和骨子里的倔强与奶奶相处，被动接受她的表达方式。除了自由和情感互动，外婆能给的，奶奶倒不会打多少折扣。只是奶奶最擅长的是制造事端，她的每一句话都是有伏笔的，你永远不知道哪里说错了话，直到奶奶临终，在这一方面她也没有犯过迷糊。

早些年，奶奶护短，我家的人就算哪里做得不好，她高明的语言艺术总会把看笑话的人气得半死。在奶奶的意识里，她的爱的确是分等级的，排在第一梯队的是她自己，第二梯队的是儿女，第三梯队的是孙子辈，以此类推。对我而言，和我"竞争"的人不多，所以常常能感到奶奶强悍的爱，有时会让人尴尬，但到了奶奶晚年，只能用可爱来概括。

奶奶还有一个特点就是"没规矩也成方圆"。她不拘小节，却精于人情世故，外向开朗却不开明，永远都知道自己在干什么。奶奶从离世到下葬共五天时间，像极了奶奶的性格，前两天罕见的桑拿天，要把人逼疯；第三天中午下起了雷阵雨，在大家的担心中给了些凉意便停了；第四天有仪式，天阴沉沉的；第五天下葬，早上五点多，飘起了雨点，乌云压顶，大家都在担心有着厚厚积土的农村下雨天如何安葬，万幸一切顺利。

回头看，她给了我足够的关心。用刀子嘴豆腐心描述奶奶不够精确，但算准确。

奶奶一辈子顺风顺水，唯一的遗憾是爷爷离世太早，如果说还有不好的，就是年龄大了，说话的威力不如以前，想必她心里也有一些郁闷。

人世间又少了一个爱我的人，我对奶奶的记忆便是如此。

人在糗事中

最近，总是与糗事亲密接触，事情过了，留下的只有自己逗自己乐了。

一

前几天，去做头发护理，按常规时间应该一小时左右便会完成。我为自己之后的事情做了总体安排后，就悠闲地去了那家口碑不错的店。一名素未谋面的男员工毛遂自荐，我被他带去洗头发。天知道，我的头发还在一团糟中就被拉了出来，我不相信自己会遭受这样的待遇，唯唯诺诺地提出头皮还有点痒，被对方一个专业的解释给吹弹回去。然后他开始给我卷杠，我却发现了问题：半个小时过去，我的头发还是一团糟。我几次抗议，终于换人，一名女员工在我对那名男员工的抱怨声中自信满满地上阵。据她说男员工打乱了她的次序，反正折腾了好一会儿，又在另一名员工的帮助下终于勉强搞定。然后，我看着满店的客人，员工都在忙碌，没人理我。我再三问起缘由，员工说是没有包头的膜，已经去买了，马上回来。结果没有买到，一阵翻箱倒柜后，他们终于找到一点勉强凑合着够我用的膜。紧接着，给我加热的机子坏了，热腾腾的气体像原子弹爆炸一样从头顶飘散……所有的戏剧情节一一出现。最后，我花了两个半小时，在所有员工歉意的笑中走出理发店！

我已没心情去怪谁了……

二

某年夏天，我与女儿、表妹去呼伦贝尔看草原，因是旅游热线中的极品，所以提前做了充足的准备。特别是返程的机票，我和表妹费了半个小时的口舌和票务公司工作人员确认机票。做好行程安排，我满心以为可以开始一次浪漫的草原之旅，事实也确实如此，只是不承想结局有点意外。在旅程的最后一天，我们甚至花了两个多小时去品尝呼伦贝尔的涮羊肉。带着所有在草原的美好记忆，我们踏入机场。

随后，一切风云突变。

一个小时的等待后，我们在显示屏上没有找到自己的航班，我们去服务台咨询，被告知飞机昨天同一时间已经飞走，简单地说，我们误机了。My God！这可是夏季的海拉尔，我一个星期之前就知道这几个星期的票都已售完。说起来这是一个复杂的错误，想起每次要给别人解释错误不在我时所费的口舌，真是累，我家先生现在都没听懂（可能是装的，借机打击我）。这样说吧，其一，我太相信票务公司的专业素质，因此以为再三强调、重点强调的事情不会错，结果没想到票务公司那两位工作人员自己就把时间搞错了；其二，飞机出发时间是00:12，所以到底是今天还是明天谁都没看懂；其三，那天出票机子有问题，所以票在一张空白纸上打印，很多地方都看不太懂。反正大家要相信错不在我们。那一夜的酒店真难找，那一夜的酒店真是贵，那一夜我才知道北京民航总站也休息（我要投诉！），那一夜我一直在祈盼黎明的到来。最搞笑的是我家先生听到我沮丧的声音还热情洋溢地问我："你上飞机了（都不看看几点）？"第二天，女儿、表妹和我都没了往日的靓丽模样，像无头苍蝇一样在机场乱窜，谢天谢地，海拉尔机场那位像天使一样的美女（长得太漂亮了，性格特温柔）对我们万分同情，鼎力相助，最终我们仨从天津溜了一圈，终于回到了让人热泪盈眶的首都。随后的事情就是去找票务公司算账。可怜我一世淑女，站在无人认识的北京街头，与我的时尚表妹，向我的宝贝妞妞现场演绎了艰难的维权历程。耶！我们赢了，票务公司退回了我们的血汗钱！

我的女儿看着好厚的一沓钱说："妈妈，我们用它好好吃一顿吧！"

晕……

在此，我要特别感谢表妹，她从出发之初就给我讲《人在囧途》是多么好笑，从未停息，一直讲到我们的人在囧途。

三

我刚学会开车不久，开了朋友的一辆老爷桑塔纳练车技。某天，我把车停在路边，潇洒自如地准备去商店，走出一段路，看到周围人好像在看啥，我也下意识向后一转，我的天！我的车怎么无人驾驶却向前缓缓滑行！大家猜猜看，道路前面会是什么？当然是车水马龙的闹市。我狂奔，开车门，一条腿在车外，一只脚踩住了刹车，还好，在千钧一发时车子被我控制住了。我想起了教练的话，而且再也不会把车放在一挡上了。下车，再回头，体验了一次当明星的感觉！

随感点滴

今天和女儿一起去听德国著名钢琴家罗兰·伯尔的演奏会，被大师的音乐一次次感动，因为过于美妙，所以会有一点点幻觉。因为离大师很近，因为大师的演奏和CD一样完美，所以陶醉，陶醉于大师的音乐，陶醉于大师所营造的一种与俗世隔绝的空间。

罗兰·伯尔对本地演奏人员的现场点评更让人敬仰，音乐的玄机顿显，或故事，或诗歌，或一幅曼妙的图画，都从音乐中道出。我只是静静地欣赏，激情地鼓掌，渐渐扫去心里的阴霾。大师在台上指点到忘情处，半跪在地上用手去矫正学生们踩踏板的姿势。那样的一位大师，六十一岁的年龄，谦逊敬业至此，台下的掌声经久不息，那一刻，我控制着自己的热泪没让它流出来。仅仅是一首曲子，因为人的感受不同、境界的不同，带来的享受也是千差万别的。

其实，这样的演奏会对我来说更像是一次洗礼，陶醉其中时会顿然醒悟：原来生活中还有很多重要的事情，看淡一些莫名的纠结，轻轻摘掉缠在脚上的那根藤蔓，也不用一根根拔掉扎在身上的藤蔓尖刺，让岁月去慢慢消化。

在我的生活中，经常在假期过后有些倦怠，失意过后放大无奈；经常会在送女儿上学途中，被学校门前护送学生过马路的交警所触动；经常在公交车上，被给老者和弱者让座的人温暖。

就是这样那样普通的事情造成了心绪的起起伏伏。

今天的感恩词：Thank you，罗兰·伯尔！

别淘了猫咪

2009年10月7日,我出家门后遇到一只猫咪。我本能地去逗它,没想到它像个小可怜一样跟着我,后来竟然钻入我的怀中,那就抱回家让女儿先玩玩喽!

它是饿了,急急地吃着火腿肠,性格很是乖巧,长相也挺可爱,女儿一下子就喜欢上了,我答应她晚上再送走。猫咪很黏人,吃饱了憨态可掬,难能可贵的是它能找到自己的厕所。下午回家,一进院子,就看见好几个小朋友聚在一起,女儿显然是核心人物,黑着小脸,快要哭的样子。孩子们看见我都朝我跑过来,叽叽喳喳。原来,女儿想和小朋友们分享猫咪的可爱,不承想,一抱出院子猫咪就失控跑了。丢了就丢了呗,只能这样了。晚上,女儿不甘心,竟又在院子找到猫咪抱了回来,这次就跟捡了个宝贝似的,再也不肯松手。经过一晚的考察,全家商定收养这只猫咪,取名七七。

第二天,带猫咪去宠物店洗澡、打疫苗、买猫粮等。这下,猫咪算是在我家正式安家了。它的到来,好处多多:女儿一不听话,我就说要把七七送人,真是绝招,每试必爽;全家人回家的第一句话都是在喊"七七——七七——";早上猫咪一叫,大家都自觉地醒了,轮流去逗它,我少操很多心。

七七在我家经过近十天贵宾般的生活后，渐渐原形毕露，玩起来真是没个谱，前天竟然挑衅我家的小公主，匍匐着，一次又一次地扑向女儿。女儿跳到沙发上，爱恨交加，有次竟然小嘴一瘪，被欺负哭了。我生气地去教训七七，女儿哭着又不让。还有更可恶的，我家的沙发、女儿的小蚊帐都成了它练爪子的好地方。它好像知道我极不喜欢这样似的，每次一看到我就跑了，但我一转身它又回来了，那眼神，简直是只无赖小痞猫。

　　这不，这会儿我在这儿敲着字，它卧在电脑桌旁盯着我的手，随时准备进攻，让人胆战心惊，只能改天再敲喽！

撞撞撞

  2009年中秋节前一天，下班后，我手举一百元钱踏入家门。"嗨——"我给家人打了个招呼，神情漠然，"创收的。"
  大家都看着我，似懂非懂。
  "被追尾了，对方赔的。"算是解释。
  小管家闯到我身边，一脸坏笑："妈妈好厉害呀，能挣这么多钱。"（真是一个小"钱迷"。）
  家里的大管家一脸严肃，从我的三五句话中已对整体状况了如指掌。我据理力争，声明已咨询过专家这一百元钱完全可以解决那几处小擦痕，而且对方是四个圈的车子，负全部责任，纠纷处理得很利索。
  大管家说："我就搞不明白，你的车到底有什么不同之处，怎么天天被别人撞，而且每次都是对方的全部责任？"
  （没办法，最近都三回了。）
  一听大家的态度，我的委屈一股脑儿地往上涌。自从前段时间被家人册封为"碰碰车"之后，我已经够小心了，礼让三分先不说，一边开车一边还要神经质地左中右对着三个镜子操心，总害怕突然从哪里会冒出来一辆出租车。谁知道那四个圈的车在没有任何征兆的情况下硬是往我车上撞，害得我在家人面前威信扫地，大家由最初的全面紧张、安慰我、给我压惊、给我宽心，到现在竟然对我的车技发出质疑，对我批评教育，上纲上线的，真是郁闷。

早知道这样，当初还不如不学车。不学车就不会开车；不会开车就永远不会在开车的时候被别人撞；别人不撞我，就没有人可以这样批评教育我；没人批评教育我，我心情自然会好很多。

越想越觉得还是不学车好。

当初为什么要学车呢？

想起来了。当初某些人仗着会开车，害得我为了能搭个便车成天委曲求全，才发誓学车。记得刚学会时的扬眉吐气，还有某些人的失落，我心中那个得意呀！

但是，事情怎么发展到这一步了，以后又会向哪一步演变呢？

传统美德

一

某年某月某日,我和姐姐一同逛街,疯狂采购,商场打出宣传:买够一定额度可拿小票领取赠品。我俩一计算,刚好可兑换一个蒸锅,于是在众多的兑换窗口前穿来穿去地寻找我们的兑换处。在这期间,我们二人礼貌相让蒸锅的归属,理由一个比一个充分,一个比一个感人。刚刚谈拢蒸锅归姐姐所有,蒸下美味的嫩鸡时一定要把我们全家叫上时,正好有工作人员肯接收我们的小票。当我们二人还在一大堆的赠品前挑三拣四时,只听工作人员说:"小姐,你们购买的是打折商品,不参加此次活动。"

二

从小教育女儿要尊重老人。前一段时间出差,女儿交由婆婆代管。

回来后,婆婆高兴地告诉我:"毛女女吃豆包吃得可好了。我给了一个,她一会儿就吃完了;我又给了一个,她也吃了。"又转身对女儿说:"毛女女,奶奶还不知道你这么爱吃豆包,以后奶奶经常给你包。"女儿欣然点头。

婆婆走后，我惊讶地看着女儿："你也喜欢吃豆包了？真是你爸的女儿。"女儿笑着抱住我亲了一口。

　　过了几天，婆婆拿着豆包来家看女儿，塞给女儿一个豆包。女儿小口小口地吃，很淑女，婆婆刚一转身，女儿迅速把包子塞给我，并使眼色。当婆婆再次转身，看到包子没了，高兴地又塞给女儿一个，女儿说："我要写作业去了。"

　　后来，女儿交代，上次的豆包她塞给了她表姐。女儿用她不成熟的表达方式告诉我，婆婆年龄那么大了，她不好意思拒绝。

三

　　记得上大学那会儿，和高中同学经常往来，我的高中同桌（同性）每次来我学校，我都会把爸爸妈妈带给我的上好水果（苹果和梨子）拿出来招待她，尤其是梨子，给了一个又一个。那些年，我最喜欢吃梨子，当时梨子稀缺，平时我自己都舍不得多吃。终于有一天，我的同桌为难了半天后告诉我："让我吃苹果吧，其实我更喜欢吃苹果。"

四

　　讲一讲话痨的奶奶早些年的故事。

　　奶奶娘家在陕西蒲城，嫁到铜川。有一年回娘家，返回时，被老舅骑自行车送到火车站，老舅热心地把奶奶一直送到火车上，奶奶拉住老舅千叮咛万嘱咐，可怜那不善言辞的老舅，完全没有机会打断奶奶的热情，直至火车启动。唉！只能到下一站下车再买票返回。比较幸运的是，回去后，老舅的自行车还在那里。那个年代，那可是老舅的全部家当呀！

五

前一段时间，近九十岁高龄的外公在老家看《延安保卫战》，看到战斗激烈处，大声吼着让人往延安打电话，说延安都打乱了，要我妈妈和舅舅注意安全。

一位老太太的孤独

老太太缓缓地在床上移动身体，双腿屈起伸向地面，尽量地小心，整个人还是从床上滑了下去，半跪在地上。她用双手扶着床沿大口喘着粗气，白发垂在前额快要遮住眼睛，浑浊的眼中透着无奈。孙女躺在沙发上看电视，听见动静回头望了一眼，继续看着电视。

老太太七八岁的时候，爹娘遭遇不测，叔婶嫌她占口粮，低价把她卖给外村一户人家。到了十五六岁，出落得貌美如花，被一名过路的军官看中，给了养父母几枚银圆就带进了城里，过了几天穿金戴银的日子。谁知婚后才两年，军官神秘失踪，从此没了音信。老太太颠着小脚，大字不识一个，没了生路，又不愿回养父母家，于是沿街乞讨，遇到了后来的丈夫，一个货郎。她像抓住了一根救命稻草一样，隐瞒自己的过去，用聪颖和贤惠打动了对方，总算安安稳稳过起了日子。

生下女儿莲莲后，她成了村里的妇女积极分子，帮游击队望风放哨。不幸的是，女儿莲莲三岁时，丈夫被人打了黑枪，这才知道丈夫原是地下工作者，后来被追认为革命烈士。就从那时起，老太太性情逐渐变得异常凶悍，没人敢惹。

老太太靠着干农活和一点抚恤金养育女儿。女儿莲莲特别乖巧、懂事，学业很好，老太太就铁了心供莲莲上学。莲莲一路顺风顺水，后来在城里谋了职，把母亲也接到城里。

莲莲成家后，两口子都知道老太太一生不易，就发誓让她后半生衣食无忧。即便莲莲有了孩子，也不让老太太带，一门心思让她安心享福。

可世上总会有一些奇奇怪怪没有逻辑的事情，老太太在女儿的细心体贴下，却变得越来越跋扈。她颠着三寸金莲，每天在整个小巷子传播着东长西短，成了人见人愁的主儿。渐渐地，孙子们也都大了，开始对抗老太太的无理取闹，但总是被父母的严厉训斥镇压。

那一年，天气反常，雨下了一个月还没有停。人们都说老天要造孽了，果然，一天晚上听到外面乱成一团，有人喊"洪水来了"。老太太一家子在一片慌乱中往附近的山上逃难，孙子、孙女婿打着手电筒在前面带路，莲莲和丈夫扶着老太太在后面跟着，两个重孙子都小，惊恐地哭叫着，不一会儿就走散了。莲莲的丈夫吃力地背着老太太，莲莲在一旁搀扶，突然一个趔趄，莲莲掉进一个水坑里，悲剧就这样发生了。那晚老太太的号哭让人们的惊恐达到顶点。

洪水过后，一切渐渐恢复正常，老太太还是继续着过去的生活，性情越发敏感多疑，找碴好事不减以前。没有人伤害她，也没有人在意她，她一个人发着火骂着街，继续着悲哀的生活。

拉　链

　　大清早，送女儿去上学，一路上欢歌笑语，很快到了学校，女儿跟我说完再见后，转身小跑进入校园。我看着她从拐角消失，心情很好。离上班的时间还早，我悠闲地走到公交车站，等了一趟不算太挤的车。

　　手拉着吊环，我无聊地看着车里车外的人和事，忽然看到车窗玻璃上倒映着的自己，我定在了那里一动也不敢动，脸上兀自滚烫起来。我发现我的连衣裙后面的拉链离脖子有将近十厘米的距离没有拉住，它正随着我身体的晃动一会儿咧着左嘴，一会儿咧着右嘴在笑。

　　平日里我穿类似的衣服，一般都会叫我的小丫头帮我拉上最后的那一截，但是今天早上女儿好像说她有事，让我等一会儿再拉，再后来我们俩都忘了这码事。

　　我快速回想早上出门后还干了些什么，并思考现在该怎么办。我直着脖子偷偷观察周围，思量着，如果自己动手，那姿势未免有点不雅观；如果叫别人帮我，实在找不到合适的人。我僵在那儿，庆幸自己留着长发。车上的人越来越多，我被挤得东摇西晃，站在我身边的人让我汗毛倒竖。

　　终于，我身边来了一个年轻的女子，看样子交流不会太困难。我鼓起勇气，斜着眼睛小声说："你能不能帮我拉一下拉链？"她看我一眼，似乎没听懂我在说什么。我红着脸又小声说了一遍，并含蓄地示意了一下，她的脸唰地一下红了，两手慌乱地上下摸着自己的衣服，我急得直使眼色：是我，不是你！她镇定了，一下子绽开了笑容，观察着我。我轻轻扭过脖子，她娴熟地拉上拉链，只听"刺——"的一声，那条拉链在整个车厢放肆地尖叫。我的脸又一次红到脖子根，回头对那个女子微笑了一下，换来了一个会心的笑容。

那天，上班的路途真长。

十年一青海

曾经去过青海三次，分别是1992年、2002年、2012年。恰好每十年去一次，每次去，感受都有很大的不同。那是一种非常有意思的体验。

第一次去青海是1992年，刚刚高中毕业，参加一个夏令营。因为还没怎么远游过，一到祁连山，我就彻底晕了，那绿油油的缓坡，洁白的羊群，湛蓝的天空，宛如仙境。后来描述起，我总说：羊群在半坡上吃草，那画面就像是一块绿色的地毯上有一块会移动的白色图案，一会儿聚，一会儿散，很神奇。当看到青海湖时，我为它的美丽所折服，内心无比激动。此后十年，也算游历了祖国的许多大好河山，但一直认为青海湖是最美的。

第二次去青海是2002年，当时是国庆小长假，因为想和家人自驾游，就选择了青海湖。快到祁连山时，在路边吃饭，老板娘说：很快就要翻山了，我刚去过，可美了，那草绿的，小羊羔白的……说得我们迫不及待扒拉完饭就上路。当翻过第一个山头时，眼前的景色让人目瞪口呆，十月的劲风吹过，一片苍凉，没有丝毫绿意。我们在短暂的失意后，很快就扭转了心情，开始认真享受这个国庆小长假，天空那样蓝，云朵那样白，在壮丽的苍凉中有着我们从未见过的美。不妙的是，车在半山坡出了状况，发动不了。我们很快又体会到了青海人民的朴实，遇到的第一个大车司机慷慨无私地给予了帮助，原来是汽车"高原反应"，前后折腾了几个小时才好，我们继续赶路。到日月山时，路越来越难走，景色越来越荒凉，碰不着一辆车，见不到一个人。终于看到个人影，走近一看，原来是个骑行的老外，再走走，又遇到一个骑行的老外，那个年代骑行还很少见，那场景深深震撼了我。翻过日月山，天就黑了，终于遇到个小村落，一打听，说快到青海湖了，我们决定继续前进。四周漆黑一片，唯一能看到的亮处就是车灯所及的那一片路面。经过短暂的环境适应后，我们都放松了下来。很快我发现一个惊人的景观，北斗七星仿佛就在我头顶伸手可及的地方，童话般晶亮，硕大无比，一、二、三、四、五、六、七，不错！七颗星连成一个勺形。那一刻，车内除了我们的呼吸声，还可以听到由于激动而引发的隐隐心跳声。那一晚，北斗七星指引着我们到达目的地——青海湖。漆黑中看到几家客栈亮着灯，十分温暖，到了一打听，都满员。折腾了好一会儿，终于找到一家有空床的客栈，赶紧住下。当时又冷又饿又累，店家的饭虽说不可口，那会儿也管不了了。吃饱后，来到令人心酸的房间，心情十分低落，女服务员长得又高又壮，黑红的脸膛，一脸憨厚。我冷得直哆嗦，想多要一床被子，服务员高着嗓门说不用不用，就丢下我们不知去向。十分钟之后，我们发现了一个惊人的秘密，那床被子又松又暖，简直像掉进了幸福的旋涡，一觉到天亮。第二天问服务员，她说那是牦牛毛做的被子。我们突发奇想，准备买一床带回去，可一思量车放不下，便作罢。可以说，迄今为止，那是我睡过最舒服的床铺。一大早，天刚亮，我们就迫不及待地冲出屋子，当看到四周的苍凉中凸显出的那一望无际的冰蓝色湖时，心是既纯净又狂热。那一眼的惊艳，让我魂牵梦绕了多少年。

　　第三次去青海是2012年，受众亲戚所邀，第三次踏上青海之旅。这是装备最齐全的一次，整整一大箱子的行李。一路上吃喝玩乐，拍照卖萌，笑声不断。全程高速占了一多半，行程自然轻松了很多。我偶尔兴趣所致，会给晚辈们讲起北斗七星，讲起日月山的艰难，讲起青海湖的美。塔尔寺游完之后，直奔青海湖，一路上都是川流不息的车辆。中途，有一个游客停歇较多的地方，当地人拉着牦牛、小羊羔给旅客合影，还有几个巨大的广告牌。孩子们有点小兴奋，我淡然地说，后面的更美。于是一同下去歇息照相。当我抬头，突然发现有个牌子上写着"日月山"，脑子才渐渐转过弯，时代在发展，日月山已经不是原来的样子了。快到青海湖时，沿途盛开着金黄的油菜花，被护栏隔成一块一块，表示属不同的牧民家，花海里竖着一块牌子，写着"青海湖"的字样。天很蓝，云很白，然后我们看到了海天一色的湖。路面上全是车，我们艰难地前行。再往前走，就到了景区，商业很繁华。住宿等安排好之后，我们急于看湖，可景区快要下班了，不让进，只好又把车开出来，驱车找通往湖边的入口。到湖边时已是夕阳西下，我们漫步湖边，沉浸在亲友相聚的欢乐中。天黑了，多云，没有星星。第二天三点半起床看完日出，等到景区开门进去，看到有不少的建筑和船只。青海湖依旧很美，很多人慕名而来。我们玩尽项目，满意而归。

三次游历跨时二十年，只是我还没有提及最后一次游青海湖的体会，因为很难总结它。其实，返家后，我一直在念叨，太遗憾了，青海湖已失去了它原有的魅力。高速路的发展，再也没有那种远离家乡、不知所处、如同穿越的感受。人流、车流、电线流、建筑流，让青海湖看起来小了很多，纯净、壮美的气质依稀可辨，因为有之前的比较，我的心里暗藏着淡淡的伤感。可是我看到前往的游客大都很兴奋，于是开始思考一些问题：也许是我走过的地方越来越多，对美的要求越来越高；也许随着年龄的增长，我的心地老成了一些；也许青海湖没有变，只是我的心态变了。

我想人之所以喜欢旅行，是因为那些奇美的景色，那些沿途所遇的人和事，会激发心底的许多潜能。你会发现另一个自己，那是一个自由自在、不受拘束的真实的自己。没有人知道你的过往，没有那么多规则，大自然可以让你完全释放自己。

我不知道我的下一站会去哪里，如果有的选，我依然会选那些人类踪迹少一些的地方！

无　奈

　　2018年，立春的节气却刮着寒冷的风，冷得让你对节令产生怀疑，再难发出与春天有关的任何美好感叹。那一刻，心头的无奈是否也曾飘忽而过？

　　我们站在那个有着无限可能的十字路口，向东向西？向南向北？饱经沧桑的心徘徊不定，回想起十八岁时那个无畏无惧的自己，心中是否有过一声无奈的叹息？

　　无奈，是所有的努力对结果的左右都微乎其微的感叹。

　　无奈，是明知后果却勇于尝试的一种隐形的勇敢。

　　无奈，是一种选择放弃的自卑。

　　无奈，是脆弱的善意。

　　无奈，是感到不受待见的一种心情。

　　都说，黎明来临前最黑暗，彩虹出现前必有风雨。而无奈，恰恰就是那极夜里的黑暗和风雨之后的满地泥泞。

　　人生的漫漫长路上，无奈就是那个大大的感叹号！是一种特殊的心灵体验。

　　无奈是农民伯伯经过数月田间辛劳后，却得知因撒播的种子是假的而无法有收获时的欲哭无泪。

无奈是你背熟了所有考试范围的书籍，可考题却天马行空地飞出太空时的捶胸顿足。

　　无奈是你费尽心思地努力工作、处理完家事后，终于安排好一次旅行，却因一场突然而至的高烧不得不卧病在床的黯然神伤。

　　无奈是喜欢女孩的家庭有三个兄弟，喜欢男孩的家庭却有五朵金花。

　　无奈，有时就是一场让人无法控诉的意外。

　　无奈其实是势利小人，恃强凌弱。

　　无奈更是一种心情病菌，唯有向阳的姿态才是它的抗体。

　　也许，我们费尽心思也无法改变无奈的境遇，那不如放空自己，努力再往前走走，也许再往前一点就会是另一个不错的世界……

一扇窗的诱惑

2014年年底,一场意外的骨折将我几个月的时光留在了医院。术后的两个多月里,我的绝大部分活动被限制在病床上。这样的境遇令我失去了对冬季温度的体验。

病房里一直温暖如春,每天除了从病房里往来之人的穿着上来揣测外面的温度外,那扇大大的窗户也透露着温度的变化。躺在病床上,可以看到窗子外面是一座未完成施工的高楼,再就是一片大大的天。有生以来,我第一次那么认真地通过一扇窗观察着外面的世界。

天空有时无云,呈现空旷的蓝色,纯净空灵;有时整个天空都飘着淡淡的云,看起来不是那么蓝,却有一种朦胧的美;有时又会出现一大朵一大朵的白云,悠闲地飘着,一会儿就从窗子这头飘到了那头;在太阳快落山时,偶尔还会出现火烧云,这时,我就拿起手机,远远地拍上几张。最无趣的是阴天,灰蒙蒙的一片天,毫无生气。不过,如果是雪天的话,那就另当别论了。

2014年冬天的第一场雪下得真大,大片大片的雪花从天空飘落,轻盈飘逸,有一两片调皮的,会在窗前悠悠然逗留片刻。我举起手机,想记录下这些美妙的瞬间,可窗子离我太远了,举着手机的手只能伸远点,再伸远点,那些时刻,疼痛似乎也离我远去。

窗子外面的世界，成了我一个奢侈的梦，我无数次幻想过那里的精彩。我总想，如果有一天，我可以走到窗前，那么，天是我的，云朵是我的，雪花是我的，窗子外面的世界都是我的。

一扇窗的诱惑，温柔地跟随了我近三个月。

终于有一天，在亲人的搀扶下，我站到了窗前。原来，下面是个最平常不过的街景，也是我以前所熟悉的。再想想，我在这个城市已经生活了几十年。

又过了一段时间，我会支开所有人，一个人静静站在窗前几分钟，享受一个人的时光，任由泪水恣肆。还好，一切都没有远去！

墙头画报上的那个人

有友问我,为什么悼念张国荣?

也许是,他在《英雄本色》里因为流星在脑海中浮现,耽搁了拔枪而丧命的忧郁;也许是,在我青春激扬的时期,最喜欢他;也许是,上学时我的墙头海报,既不是最火的周润发,也不是最帅的刘德华,恰恰是他而已。

《风继续吹》是在他过世以后才熟知和喜欢的。他的一生,落幕了,才显示出其追求完美的至诚与精致。

多年前,有一名长者和我聊天,长者问了一个关于张国荣的问题:他有过什么特殊贡献?如何让那么多人趋之若鹜?还算健谈的我那一刻不知该如何应答。站在长者的角度想想,这个问题我也挑不出毛病。

有时候确实很难解释一些事情。

人生如戏,戏如人生!这也许是张国荣一生的写照。

有粉丝猜测他最终的选择是因为陷在《异度空间》的角色里无法自拔,还有就是特殊的情感不被认可,饱受磨难。

不管怎么说,他的离去升华了最后几年从另类着装到另类演唱会等奇异迷离的举止,弥补了我曾经的失望和极度的悲哀。他用生命换来了最终的理解。

他是一个特别认真的人,认真到每一部戏里:《英雄本色》《纵横四海》《倩女幽魂》《胭脂扣》《阿飞正传》《春光乍泄》《东邪西毒》《霸王别姬》……成就了多少经典。他认真唱歌,认真对待感情,认真对待生活,成也认真,败也认真,最终因为太过认真而走上绝路!

他曾说过:"人除了要懂得怎么去爱人之外,最重要的是懂得欣赏自己;我对人有感情,对屋子没有。死物对我来说,是无所谓的。如果有朋友说喜欢我的衣服,你拿去吧;家人说喜欢我的车子,你拿去吧。那些东西对我是没影响的,我最重视的是朋友、是爱。

"这个世界上,最重要的是有真感情。感情是自己的,不需要理会世俗眼光,最重要的是个人感觉,自己开心,又无损他人,对一切闲言就不用理会。

"我很想做事,我很怕睁开眼没事做,然后开口就说银行有大把的钱。如果做人是这样,就很颓废,我不喜欢。

"电影是我最大的梦,我喜欢这个梦,喜欢扮演那其中各种各样的角色。"

这些话,他当然不只是说说。

他曾说,《我》这首歌就是他的心情写照。歌词是这样写的:

> I am what I am
> 我永远　都爱这样的我
> 快乐是　快乐的方式不止一种
> 最荣幸是　谁都是造物者的光荣
> 不用闪躲　为我喜欢的生活而活
> 不用粉墨　就站在光明的角落
> 我就是我　是颜色不一样的烟火
> 天空海阔　要做最坚强的泡沫

我喜欢我　让蔷薇开出一种结果
孤独的沙漠里　一样盛放得赤裸裸
多么高兴　在琉璃屋中快乐生活
对世界说　什么是光明和磊落
我就是我　是颜色不一样的烟火
天空海阔　要做最坚强的泡沫
我喜欢我　让蔷薇开出一种结果
孤独的沙漠里　一样盛放得赤裸裸

  这是一首旋律并不动听的音乐，却会在某个特殊的时刻，深入骨髓地打动你！更多的时候，我们悼念的是流逝于脑海中的美好。时光荏苒，转眼我的青春也渐行渐远，我不求青春不老，只愿心情永远美丽！

槐花飘香

从窗户向外望去,山上的树开始绿得有点郁郁的色调了,还掺着一些白色,星星点点的香味飘来。又到槐花盛开的季节,陕北最惊艳的气味即将登场。

亲友们从门外一扑而进我的屋子,除了洋溢着夏初的朝气,身上还都带着一丝丝馨香,那是槐花的味道。

去年,前年,大前年,更远、远得记不清年代,不管再怎么忙,我都会在槐花盛开的季节追逐它的气味。在天色渐渐暗下来的时候,喧闹声小了,尘土落了,我徜徉在槐花围绕的山间,深深地吸入,轻轻地呼出,让槐香在肺里浸润。

在我的记忆里,陕北是淳厚、贫瘠、单调的,就算是在色彩最丰富的夏季,还是透着一种荒凉。在我的意识里,"黄土"和"风情"是两个毫无瓜葛的词。唯有槐香,是我忘不掉的味道。

小时候,我家住在妈妈教书的学校,大大的操场侧面是连绵的山。每到春夏交替的时节,山上的槐花就开了,推开门,都是槐花的香味。到了晚上,到操场上遛个弯,微风一吹,香气扑面而来,身体上的每个毛孔都会张开去捕捉香气,浪漫的情节在我的脑海中涌现,那种感觉特别美妙。

槐花年年飘香,和我品香的人渐渐增多,在一个春夏之交的晚上,我把年幼的女儿带到槐山下。"香不香?"我急切地问。女儿深深地吸一口气,夸张地点头。

就这样,在一季又一季的槐香中,我们的人生悄悄流逝。

女儿如今已十四岁,不能准确说出是哪一年,她不再愿意和我分享她的秘密,更愿意和好友们去分享她的秘密。而我开始回忆我的十四岁,在失落中欣喜。

我的家乡,闻名遐迩的革命圣地、黄土高原上的延安,也不能准确说出从哪一年开始,陕北不再单调和贫瘠了。

年轻时,我那么渴望逃离这里,但还没跑远又回来了。我离不开这里的人,而这里的人又让我喜欢上这里,让我慢慢把"黄土"和"风情"连成一个词组。

经过漫长的冬季,再经过短暂的春季,黄土地上的槐树又结上了奶白色的花串,香气在这座色彩单调的小城上空飘游,滋生许多情怀。

而我,不管如何,都不会错过这场槐花劫!

寻 根

前几天，老舅的三个女儿偕夫君从广州回陕西休假，顺着亲戚的住处，一路从西安到宜君再到延安。她们看起来很年轻，不到五十的样子，可算算，都是六十岁左右的人了。

再算算，我们应该有三十二年未见了。

因为强大的遗传基因，她们与族人看起来惊人地相似，天然的纽带，打破了见面的生疏。

我的那些姨姨既热情又真诚，对大家的款待每每报以热泪。回到宜君老家，更不能把持，在老宅多次动情。

拥抱，热叙，有如电影画面。

老舅是外婆的哥哥。

1935年，在当时的地下党员、宜君任教的强自修（后甘肃省委副书记）老师的动员下，老舅和几名进步青年学生去延安参加了革命，后随解放军四野部队一路从东北打到广东，从此便在广东定居了下来。

对于老家的亲人们来说，老舅从1935年离家后，就失踪了，多少年杳无音信。1953年，老舅突然回来，当时他的原配已改嫁，老舅也在广东与东北籍的老妗成家。

1983年，已从广东省轻工业厅领导岗位离休的老舅带着除老大（有事未能回陕）以外的其余三个女儿回到陕西宜君寻根问祖，之后来到延安，由我的父母接待。

那一年，老舅的二女儿不到三十岁，我十岁。看着一群从改革开放最前沿来的时髦人士，我偷偷地观察。她们的大波浪长发，她们的洋装都使我好奇，那叽里咕噜的语言也不甚明白。最惊讶的是，她们带的照相机照出来的照片竟然是彩色的（之后寄回照片才知道），不是涂色的那种，是真实的色彩。她们炫得有点不真实，也不亲近。很明显，她们有着一些骄傲在里面。

这种感觉我不陌生。我的父母也数次带我们回归故里，我也犹如公主般被族亲宠溺。

广东的亲戚中，唯有老舅是真挚的。虽说这不是我当时关注的重点，但我熟悉外婆，我从外婆那里轻而易举地感受到了广东与陕西之间的浓烈亲情。

在老舅回归故里的第二年，也就是1984年，六十九岁的老舅突发脑出血过世；1986年，外婆过世；2001年，老妗过世。广东和陕西，自然淡了很多。

再续，便是2015年初夏，老舅的三个女儿在阔别三十二年后重回家乡。按说，这些姨姨自打出生以来，除了血脉，和这里是没有过多交集，可这一次，她们却带着一身的乡情，浓烈得让我瞩目。

是什么可以穿越时间和区域的跨度，让亲情的温暖瞬间而至？是什么成为亲情坚韧的纽带？

是"根"！有一种被称为血脉的东西枝藤蔓延，不管走得多远，它的回溯就在"根"的源头。

可以想象，姨姨们年纪长了，世事淡了，亲情重了。不承想，在父母离世几十年后，突然在一个名叫"故里"的地方，依稀又感受到了来自父母的印迹，又有了因为父母而传递出来的亲情。姨姨们的经历讲述着传承的神奇。

在我的姨姨中，三姨最性情。那天聚餐，她端着酒杯，来到我们桌前，流着泪，告诉一桌的晚辈：要好好孝敬父母，有父母才最幸福！

那一刻，我很感动！

多年后我们依然是朋友

近日，一名二十七年未见的初中同学回延安，联系我和另一名同学相见。我们通过微信取得联系已有半年时间，我们三个人一直有意愿，无论如何尽快要见一面。

在初中的时候，我们三个是这样一种格局：两个学霸加一个能摸到学霸门槛的人。当然，最后一个人是我。

那个时候，我妈是我们的数学老师，我的邻居是我们的班主任。我妈历尽千辛万苦把我从另一个班调到她自己的班级，自然不是想罩着我让我在班里为所欲为的。在我妈远近闻名的威严下，我终于紧跟两个学霸的步伐，印证了我妈的英明决策。

当时，我们三个最大的交集是学习上的竞争，零点五分的差距也会对各自心理产生影响。虽说，我一直是一个不怎么上进、逃避竞争的人，可我妈和她的团队会弥补我在这一方面的缺陷。

我们三人不是闺密，从来没有小秘密的交流，是大人眼中的好学生（我勉强一些），有时会一起玩，会在毕业季拍一张代表友谊的照片，在乎着彼此。

初中毕业时，我们都尝试了初中专的考试。20世纪90年代末，这个考试不比高考轻松，考上意味着能尽快就业。我没考上初中专，虽说成绩已够上全市那个一流的高中，但我选择继续留在这个学校上高中。因为可以享受特权，因为我给我妈发誓说不管在哪里上只要努力都一样，我也不想每天骑自行车辛苦奔波，我妈这次相信了我。她们两个都考上了初中专，一个后来以其所学专业为生，另一个，也就是外地的那个，放弃初中专，去了那个一流的高中，一路学下去，读到博士，成了一名医生。

从那以后，我们基本上再没有联系。

人到中年，便捷的微信找回了失联的友谊。

时隔二十七年，我们聊起过往时，都认为初中时我们是最要好的。那个时期，我还有一些有色彩的记忆，可是经过几十年的冲刷，最终留在记忆底层的，却是我们几个清澈如水的笑容。

我们坐在那里，聊着家常，追忆懵懂的时光，寻找流逝的岁月，只是这样便已足够！

转学记

我痛恨转学。除非不可逆转的原因,我绝不会让我的孩子转学,我也不会支持我亲友的孩子转学。

因为,我有心理阴影。

事情要从1988年讲起。初中毕业的我在我妈任教学校的高中部上学,一切便捷的因素成为我择校的标准,这是我妈向我妥协的结果。

在班里,我总保持前几名的态势。即使在换了一名"解析几何"讲得一塌糊涂的老师,我也听得一塌糊涂时,我依旧保持自己的位置,因为大多数人都没听得特别明白。

这种波澜不惊的日子一直持续到高二,即分了文理科。我妈不知受了谁的蛊惑,决定给我转学,转到全市最好的高中。我奋起反抗,无果。

转学第一天,我记不清是谁把我送到学校的,我坐在最后一排,不知老师们都在讲什么,一种想死的感觉。

前方有无数座大山。

第一,交通问题。我的自行车水平仅限于在操场上驰骋,所以刚开始我只能坐公交车。那时候的公交车从来不准时,终于来了一辆还爆满。挤车是我的死穴,上不去肯定迟到,于是我一转头返回家里,眼眶里全是泪水。恰巧我爸在家,惊讶地看我,于是我哽咽着说:"反正已误了那么多课，也不在乎这一两节，我下午去。"不怎么管事的老爸叹一口气，算是默许。没几分钟，我妈进门，大为光火，我被带到校门口。我妈挡住一名骑车进校门的学生，让他载着我送去学校。我不知载我的人是谁，长什么样，只记得我在一片朗读声中灰溜溜地走进教室，庆幸并没有多少人关注我，我也发现了迟到并没有想象中那么可怕。后来，在我哥的护送下，我终于可以单独骑车上学，这一难关才算渡过了。

第二，学业问题。那个学校本来就高手如云，更不幸的是，那里的进度要比原来的学校快很多，以至我完全跟不上进度，所以彻底蒙圈了。困难没有激发我的斗志，只让我更萎靡。第一次考试，我记得七十多名学生，我考了三十多名，和以前的前几名比起来，反差之大，超过预期。回到家，我哭着再也不愿上学，家里人耐着性子给我做思想工作，并和老师做了交流。老师说第一次考试这个成绩算不错了，我哭得更厉害，认为这是天大的讽刺。那时候考试挺多，很多时间我都在担心自己哪一门又没考好。我根本学不进去，但我有一门特长，那就是坐功，我总是坐着不想动，盯着一本书发呆，被别人误认为用功。

第三，人际关系。我本来就不擅长交往，学习的压力压得我气都上不来，所以更不愿与他人交流，时常怀恋以前的同学之谊。其实在以前的班级，我只是和几个同学特别要好，大部分同学是不怎么交往的，可对新集体的不适应，升华了以前的同学之情，总觉得那些同学简单、仗义，现在的同学小气、斤斤计较。

第四，饮食。中午回不了家，要在学校吃一顿。刚开始是在一个亲戚家吃饭和休息，可总觉得打乱了别人的生活，心理负担很重，没几天就不愿去了，家里只好报了校灶。饭不怎么合口，还能吃到不知名的小虫。我回家哭诉，没人在乎我的矫情。我说太恶心了，几天都不想吃饭。我爸说，没事的，过两天就忘了。

对一个害怕改变、典型金牛座性格的人来说，这种状态一直持续到毕业。我的忧郁气质发挥到极致，本来就爱哭的我更是一点点小事就伤心欲绝。外表的文静和内心的偏执折磨了我很久。

高三那年，我班办了一场元旦晚会。那是除春晚以外，现实生活中我认为水平最高的一场晚会，带给我很多精神享受。不得不承认，班里人才济济，我又是一个不善于表现而善于欣赏的人。在最重要的学习方面，我慢慢无奈地接受自己不死不活的学习状态，迷失了自己。我妈几乎再没有因为我的不自觉批评我，因为我一直能保持一种学习的姿态。

毕业那年，我没考上大学。经过一年的补习，也就是1992年，终于考上一所专科院校。我妈说，如果我不转学，第二年也考不上。我妈说的永远是对的。

如果你问我，后不后悔转学？实话说，不后悔。直到现在，班里同学的名字只要略加提醒，我都会记得，这对我来说是个奇迹。而且，上大学以后，直到今天，说起以前的同学，我提及最多的就是那个班级里的，因为有那么多可以"炫耀"的东西。

岁月荏苒，人生的感悟在心中沉淀：只要追求美好，哪怕风雨兼程！

小时候的传统节日

总觉得小时候的传统节日更浓烈些。节前的期盼、节日期间的投入和节后的失落，回想起，都是满满的幸福。

让时光倒流，返回到20世纪70年代中后期和80年代初，讲一讲那个年代的传统节日。

春节

寒假来了，要回老家喽！我会从花炮摊上琳琅满目的花炮堆里，根据我的经济状况挑一两个模样光鲜的花炮，毕竟这里是市区，比我老家宜君县的物产丰富些，拿回老家会嘚瑟那么一会儿。不论是和父母一起回，还是和同辈们先回一步，节前的忙乱都会让大人们疏于对我们的管理，至于期末考试总也考不好的问题，走之前已被大人教训，回去只需流几滴假惺惺的眼泪就可以蒙混过关。接下来会是美妙无比的春节时光。

大人们在准备年货，做麻花，炸带鱼，准备莲菜等食材（只说我喜欢吃的）。我们有了比平时更丰富一些的吃食，可以不顾天不顾地地疯玩。因为有"过年"这两个字端着，大人们真是宽容到一种境界，对我们的怒气都是隐忍的；我们也会忘了还有"秋后算账"这个词，天天都有一点点"花天酒地"的满足感。而我，因为小时候外婆带过，会赖在外婆家过年，没有父母管制的"年"更是逍遥自在。

到了除夕那一天，我早早就想换上妈妈在延安就做好的新衣裳，外婆看我女孩子家爱干净些，穿上半天也不会在过年时脏得见不了人，会笑眯眯地同意。但只能偷偷换上，因为除了在我奶奶家过年的大哥外，孩子中我是最年长的，我的出格行为很快会被我的表弟表妹们盯上，然后哭的、闹的，搅得一团糟，我只好恨恨地换下新衣服，最早只能在年夜饭时穿上。终于等到年夜饭，我好想坐上大人们的桌子，我很不喜欢和后面的那些小不点吃饭，可总被他们盯得很紧，只好作罢。虽说和同龄人比起来，我一直身材娇小，可和小我两岁以上的表亲们比起来，还是有一些体格上的优势，拳头里出威严，我一边享受"孩子王"带给我的"权力"和快乐，一边又因被他们拖累而略有沮丧。那一顿饭是我一年中最期待的一顿饭，平日物资略显匮乏的生活，更显那顿饭的珍贵，所有人都是放松的，都在享受年前忙碌换来的这一顿天经地义的"奢侈"。

吃完饭，我们会迫不及待地找出被大人们藏起来的鞭炮、花炮。满院子的孩子们聚在一起吵翻了天，每一个颜色绚丽的花炮都会引起周围人群的惊呼。那时候天真冷，手没一会儿就僵透了，可快乐也像那双冻僵的手一般，无法控制。

晚八点，会有中央电视台播出的一场精彩的春节联欢晚会，一个院子里的人挤在一间屋子里盯着电视，笑声响彻整个夜空。让我笑破肚皮的相声小品，港台明星带来的潮流，还有各种经典表演，简直是精神的盛宴。

那一晚，我们会守岁，但雄心壮志总消逝在后半夜。

大年初一的早上会有一顿包了硬币的饺子宴，对孩子们来说，这是一个没有硝烟的战场。吃到硬币的，似乎拿到来年顺利的门票，在其他孩子的艳羡中扬扬得意，傲视一切。没有吃到的难免失落，大人们会偷偷给其碗里的饺子塞硬币，大家会在心知肚明中维持一种喜庆的平衡。

小时候的年很长，不到正月十五不算完，串亲戚，挣压岁钱，吃香喝辣，天天都是"小资生活"。这期间，我若回到奶奶家，会是另外一种情景，奶奶家有更多的时尚气息。那个长不了我哥几岁很活泼的姑姑，会带着我哥还有我和弟弟两个跟屁虫折腾一些新花样，用一台录音机办一台晚会，我爸我妈也积极参与，奶奶翻着白眼，嘴里说"成精了"，脸上却笑开了花。全家人围在一起打扑克牌"升级"，奶奶是世界上最会"耍赖"的玩家，我的智商也终于透了底。

就这样"花天酒地"到了正月十五，孩子们会在晚上提着各自的灯笼"游街"、看灯展，每个人都有那么多的热情。那时候的灯笼要么是集市上买的，要么是自己做的，样式很多很漂亮，如果谁的更独特一些，会被其他人惦记很久。

年终于过完了，快要开学了，作业还没有做多少，"秋后算账"的日子到了！

七夕节

七夕节在暑假，没有什么特殊讲究，只是大人们都说，牛郎织女在这天会见面，只要在葡萄架下认真听，会听到他们的对话。于是，我认真听了很多年，一次也没有听到。大人们有很多为什么听不到的解释，我每次都信，每年都听。因为傻头傻脑地相信，所以傻头傻脑地快乐，把七夕变成心中一个很重要的传统节日。

端午节、中秋节

我那个勤快、精干、聪明、时尚、善良的妈妈，除了对我们要求很严格这个缺点外，还有一个明显的缺点就是有点笨手笨脚，根本别指望她能学会包粽子、烤月饼之类的活计。但因为妈妈人缘很好，所以每到这些节日，我家会来一群帮忙的人，乱中遛弯是我最大的快乐。那时候我不是吃货，从我菜色的脸就可以判断我的肠胃不好，根本不吃甜食，所以对这两个以美食为主的节日来说，略有一点点遗憾。我更关心的是月亮里的嫦娥和兔子。可那些个节日，每家人认真对待节日的态度、浓浓的节日氛围让我记忆深刻。

小时候对传统节日的记忆中止在1986年。外婆过世，我到了青春期，走起了淑女路线，时代也变了，物质生活越来越丰富，生活方式的选择越来越多，老辈的人不再是舞台的中心，我们在紧跟时尚的潮流中疏离了传统，我们在浮躁中丢失了纯净，生活就是这样，总不得十全十美！

我家先生说，记忆中那个时代的端午节和中秋节竟被我那样轻描淡写地略过，对他这样一个热衷甜品的吃货来说，简直是一种罪过。于是他讲起他甜蜜的回忆。

每到春暖花开时，我家先生已经在担心天气的变化，关心庄稼的长势，因为我的家婆说，如果风调雨顺，到端午节时，粽叶会长得好，叶片大，香味浓郁，包出来的粽子自然个儿大，粽香味儿重。平日里吃食短缺，快到端午节时，早就眼巴巴地等着了。看着家婆终于兜回糯米、红枣和绿油油的粽叶，激动的心就开始翻滚。等粽香从锅里飘出来，哈喇子早都流了一地。家中虽说兄弟姊妹多，但粽子难保鲜，放不住，所以管饱吃。先生说："你知道那有多香？整个屋子是香的，放在嘴边的粽子是香的，渗入枣汁的米粒一口咬下去直香到胃里，经久不散。"没几天，粽子吃完了，端午节的遗味儿消失殆尽，我家先生在不舍中送走了端午节。

"八月十五月儿圆，爷爷为我打月饼……"对于一个吃货来说，永远只能看到三个字"打月饼"。端午节之后，我家先生终于盼来了另一个重要的节日——中秋节。家婆会垒砌一个类似于烤红薯那样的临时炉灶，包着芝麻、核桃仁的月饼用模子塑成形，一个一个贴在炉灶的内侧，月饼的香味从炉灶的缝隙里渐渐飘散出来，小伙伴们又醉了。烤熟了的月饼按等份分给每个孩子自行管理，看着分到手里还算充裕的月饼，中秋节这一天，孩子们不会有过多想法，以享受美食为主。之后，孩子们会自行藏起剩下的月饼，慢慢享用。随后，会产生一段混乱时光，年龄接近的互相惦记对方的月饼，于是月饼会丢失，有时需要破案，有时会用武力。当年没有破案的，若干年后，都自行招供了。每年，兄弟姊妹不管如何高招迭出，最后的赢家都是我家先生的弟弟，因为当大家都"弹尽粮绝"时，我家先生的弟弟都会优哉游哉地拿出余存的月饼，惹大家怨恨。我的这个兄弟长大后做了生意，成了老板，真应了那句"三岁看老"。

就这样，中秋节又在不舍中渐行渐远，下一个可盼的节日就是春节了，虽说时间还有点儿远，却是最大的盼头。

那些兄弟姊妹成群的热闹，那些民俗气息浓郁的传统节日，那些黑白影像里的记忆，终于形成了一个独具特色的年代。那里有我们的记忆，那里有我们的温暖，那是我们的时代！

走入初秋

对于季节,每年都有一种熟络的陌生。

入秋,记得总和一场雨有关,而2015年的秋雨,正是在白露的节气中飘洒而至的。

落叶开始飘落,外搭开始披上肩头,空气不再闷热,再也不会偶尔传来蝉的鸣叫。

秋天的到来,不再是日历上的某个标志。

我一直盼着夏的时光尽快流淌到秋天,还要再流淌远些,远到我期盼的一个时间点,然后静止不前,挡住一切想要留在我脸上的时光印迹。

一个幻想家的日子总不至于太过寂寞。

从春末开始,每天,只要天气还过得去,我都会到楼下的林荫小道散步,因为遵照医嘱,只有这样坚持不懈,我才会摆脱之前所患的腿部顽疾。我埋着头,拖着一条沉沉的腿,认真地走着,无暇顾及周遭的人。

不知从哪一天开始,一些路人在我心中慢慢有了印象。送快递的小哥,环卫工老大爷,买菜的主妇,照料孙子的老人,还有一个和我一样腿受伤的男子……

不承想,他们竟然伴我走过了整个夏天,而在秋天,我还会收获丝丝暖意。

一个经常由奶奶带着的一岁多的丫头片子,非常傲娇,无视我半个夏天对她投去的善意。我像一个透明人般从她的身边经过又经过,而在这个刚刚到来的秋天的早晨,当一个年轻女子抱着小丫头经过我身边时,小丫头突然兴奋不已,手舞足蹈,指着我说:"阿姨,阿姨。"那灿烂无比的笑容,如夏日的骄阳,差点灼伤我的心。

那个七十多岁的环卫工老大爷,老天可以做证,即使是路边的垃圾桶,他也会拿着布子擦拭得干干净净。

那个腿受伤的男子,显然没有我幸运,他再怎么走好像也没有改善。而我,受伤的腿在逐渐恢复,我所遭遇的,只是一场知道善果的磨难。

还有那些卖菜的老大爷、老大娘,经常在我付完账后会多塞给我一些蔬菜,我就想,一定是我面善。

就这样,在暖暖的琐碎中,我一步步走出夏天,走入秋天,将病患一点点丢在逝去的时光里。

时不时,会有人艳羡我通过微信那个网络平台透出的生活气息,那气息传递着忽视磨难的快乐。这要感谢我身后的强大团队,还有我从娘胎里带来的坚强!

雨,淅淅沥沥,时紧时松,带着它们的使命,清理着夏的遗迹。在这场秋雨过后,用不了多久,会有一场令人嗟叹的繁华落幕。而我,最差也会收获好心情!

马虎小料

年末，我以自己的标准将亲友的马虎小料整理排名，与大家共乐！

NO.10　K女士路上遇到许久不见的熟人，热聊半天，分手时互留联系方式，K说：M女士……话还没说完，对方翻脸走人。二十分钟后K女士终于搞清，对方是N女士。

NO.9　H女士下楼上了正在等候的轿车，车开了一会儿，司机接个电话把车停下，原来H女士上错车了。

NO.8　居家的女人因为琐事繁多，头脑难免发蒙，烧坏一两个锅也算家常便饭。据说D女士有一次把一个锅炼得整体通红，俨然有铸剑嫌疑。我只好奇，那锅什么牌子？

NO.7　E女士把牙膏当洗面奶抹了一脸，她的姐姐曾把金鸡牌无色鞋油当牙膏塞了一嘴，说起来令人忍俊不禁。

NO.6　F女士早上准备上班，却怎么都找不到钥匙，最终在门外的锁上找到了。要知道那个小区可不是一个太平的小区！

NO.5　大部分女人天生是路痴。好吧，L女士下私家车到窄街对面的商店买了个东西，一眨眼工夫，一车人找不到L女士，还好科技发达，通过手机联系上L女士时，她已迷路在百米开外。

NO.4　G女士带小女儿赴宴，吃到中途，发现女儿不见了，找呀找呀，最后发现女儿在隔壁桌子上优哉游哉吃得满嘴油。带走女儿时，热闹非凡的隔壁桌人士面面相觑，他们都以为这个小丫头是同桌其他人带来的。

NO.3 J女士把车停在地下停车场，吃完饭后找不到车，惊动亲友无所谓，患难时见亲情；惊动停车场员工也无所谓，他们和车主一样急；就在过了一个小时准备报警时，车找到了，原来停在了地下二层，那在地下一层如何找得到？

NO.2 C女士胃不舒服，临睡前服了四粒胃药，夜间盗汗、浑身打战、心律严重不齐，完全不能自控，几近昏迷。经过一夜折磨，天亮时才渐渐清醒，发现昨晚吃的是"康泰克"。

NO.1 话说A女士把钥匙锁在屋子，只好叫开锁公司，在等待期间，下楼买了个东西，回来时……My God！开锁公司把邻居家的门打开了……

让时光搁浅　生命繁华

冬至一过，白昼渐长，夜渐短，天气要转入一年中的极寒，转瞬春节也要来了。

山上的积雪与清冷的蓝天相映，阳光洒在街面上，行人也有些慵懒。麻雀家族蹦着在地上觅食，与路人达成信任的默契。几个老太太面墙而坐，聊着家常，阳光聚在她们的背上，晒出一种幸福。陈奕迅的《十年》从街面店铺里隐隐传来。时光，在似曾相识的画面中流淌。

翻开旧相册才承认，容颜已渐渐改了；翻开日记本才相信，性情已慢慢变了；回看QQ空间里写的说说，才知道心灵鸡汤补得越来越多了……那些成长的轨迹一一浮现于眼前。

曾经立志的那一堆堆梦想，还藏在心里等待发愤图强，却被周遭的年轻人早早抓在手里，张扬着刷了屏；曾经顶撞长辈说过的话现在又被晚辈一字不差地还了回来。到了一个不老不小的年纪，正好落在生命轮回的焦点。

小的时候，嫌时间太慢，盼着长成大人，每晚可以看电视，不用做作业，想干什么就干什么；青年时期，有太多不屑的表情和心情；到了现在，在浅浅的回忆中被自己的童年逗笑，怀念青春的无忌，曾经纠结的那些不愿示人的缺点成了温暖的谈资。

真想就这样漫步在人生的旅途中。

只是，谁也无法阻挡生命从繁华走入没落。

转折，是爬上眼角的纹，是冰激凌对牙的哂笑，是腰上的痛，是熬夜后憔悴到心生同情的脸。

我们太在乎时光，难免迷失自己，会在一些无关紧要的虚荣中沉陷。

当我们再也无法挽留年轻的脸庞，当我们在哀叹中自怜，当我们在阅历中看清时光无情、生命有限时，也许该让时光搁浅在回忆中，追求生命的另一场繁华。

以前，从没有认真想过；现在，开始心疼那些挥霍掉的青春，开始想要这样的人生：

遵从内心的感受！

阳光！

不盲从，相信道德！

真情至上！

随意，不为俗尚所羁！

拥有梦想，永不放弃！

在风轻云淡中追求内心的丰盛！

认真记录以上文字……

陕北的春天不再寂寥

进入三月以来,春天,在微信朋友圈里渐渐绽放。

先是从江南开始,然后是陕南、关中,到了春分前后,革命圣地延安开始有了一两树的桃花。而我住的院子,花蕾在树枝上打了结,似乎也在努力紧跟花开的潮流。

陕北的春,在苍凉大地点缀式投影,姗姗来迟,充满张力,清淡的色调透着浓郁的氛围。

七八年前,我对陕北春天的记忆定格在一条被称作"百米大道"的街道——我家到单位的必经之路。

那是一个雨后初晴的早晨,我在车上无意间一抬头,被突然闯入眼中的春色迷住。街道两旁红粉黄白,各色花朵争相竞放,延安经过将近五个月的灰色系,这突然而至的美艳带着一丝仙气。那天,我坐在公交车上徜徉在花海中六次,没有时间去计较一些烦心事,只看到了世界的美好。随后,我诱着家人假装不经意间穿过那条街道,分享那份惊喜。以后,不管再遇到什么样惊人的春色,那一年、那一条街以独一无二的分量印在了我的脑海中。

说起春天,曾经是我几十年来最讨厌的一个季节,总摆脱不了满嘴含沙、被风吹裂皮肤、十米之内看不清事物的感受。毫无疑问,很长很长时间，延安的春天是和沙尘暴分不开的。

我小时候，风是整个春天整个春天地刮，最强烈时，一整晚，窗外的风声都如鬼哭狼嚎般，伴着树枝被吹断、树干被吹倒的声音，我被吓得躲在被窝里颤抖。白天，空气里全是沙土，昏黄昏黄的色调，开着荧光灯的家从室外看，散发的是微弱的紫光。

天气好一些时，班里调皮的男生会从山上折来几枝桃花，寡淡寡淡的素白色，也能让孩子们欢喜半天。

书上形容春天时，总说春光无限好、春光灿烂、春雨贵如油。很多人喜欢春天，而我，因为不理解，和这些人有了心理上的鸿沟。长大一些，有机会在春天去了一次南方，同去的老乡们都说，老天太不公平，凭什么南方人不需要努力就可以这样得天独厚，而陕北老农辛苦操劳一辈子也没有这种境遇。我穿行在南方的公园里，看他们野餐、嬉闹，就如看一场和我无关的电影，温腻得不真实。

不知不觉，陕北的春天也在几十年间慢慢发生着变化，沙尘暴的频率和力度逐渐递减。在1993年"五一"的时候，我带大学同学回延安，赶上沙尘天，关中道上的孩子很痛苦，我更痛苦，本来准备显摆一下，运气咋这背！

到了21世纪初，女儿降生，我总希望她比我运气好。近些年，春天的陕北，终于不再是沙尘暴独裁的王国，赏春，有了一点点意思。年长一些的延安人说起延安，总说：雨多了，山绿了，也有一些小花海了。

以前，我给外地人推荐延安旅游，一定说，不能春天来，最好夏秋……现在推荐，没有了特别刻意的强调。

2015年，在雾霾以不可抵挡之势席卷许多城市时，延安蓝蓝的天、白白的云让我感到很骄傲。

2016年初春，我在微信朋友圈欣赏着大江南北的春色，等待着延安的灿烂春光。近日，打开所有的新闻媒体，都在接连报道全国暴发性雾霾。窗外，灰蒙蒙的天笼罩了这座城三天，我的心中，唯有为这座城努力祈福！

艺术照

最近翻照片，找到一张自己在二十岁出头时拍的艺术照，照片上是一张看着有些陌生的面孔，用的是一种充满了年代感的拍摄手法。它让我回忆起当年为是否保留这张照片纠结不已的心情，联想起那年少时的艺术照情结。

在我的记忆里，突显个性风格的艺术照在20世纪80年代末开始逐渐流行起来时，多是一些新潮、文艺的小众人群在尝试。

我的第一套艺术照，是在20世纪90年代初刚上大学那会儿拍的。学校里的学姐及同级的风尚人物都在拍艺术照，蠢蠢欲动的我在一位好友兼舍友的轻微撩拨下，便决定拍一次艺术照。因资金的限制让我把目光落在了离学校不远的一家照相馆上。

我在好友的陪同下忐忑不安地进了照相馆，这里需要说明一下当时的情况：我从延安考到咸阳的大学，20世纪90年代初，咸阳貌似比延安繁华不少，当时关中人对陕北人普遍有较大的偏见，我刚到咸阳时被问及最多的问题是："你们那里的人都是头上裹着白毛巾吗？""你们都骑毛驴吗？""你们天天吃小米吗？"当我进入照相馆后，被一群很"社会"的美女围了起来："啊？你是陕北的？不会吧？谁谁谁，快来，这个学生说她是陕北的，我看明明就是川妹子，陕北人应该都是大高个，皮肤糙一些吧……"然后我在她们极大的好奇心下又被捧上了天，花了二十多元（当时一学期我妈给我四百元糊口费）拍了人生中第一套艺术照，有专业的化妆师，有专门的衣服搭配，有专业的摄影师，虽说我表面很害羞，其实内心乐开了花，对照片无比期待。

千呼万唤，我终于见到了这套照片，四个字形容当时的心情：跌入谷底。总共五张朦胧照，里面的我都是矫揉造作、满面愁容的大龄女青年形象。我内心挣扎了很长时间，最后保留了一张用丝巾包着头的意境照，并起名"狼外婆"。现在我还能清晰地记得我哥看到这张照片时的样子，当他听到我对照片的自嘲之词时发出的笑声。后来，那张照片也找不到了。

第二次拍艺术照，是在20世纪90年代中期，大学刚毕业。我到西安的一家照相馆拍照，化妆师很专业，给我修眉、画眼线、抹粉等，让我很拘谨，也更加期待，然后来了一位帅哥带着助理，给我拍了当时很流行的朋克风格照，我也似乎比第一次拍艺术照老练了一些，有点飘飘然。经过一段时间的"漫长"等待，当我终于见到这套照片时，再用四个字形容心情：万念俱灰。我再次经过长时间的内心挣扎，下定决心无论如何要保留一张做纪念，于是保留了一张（文中第一段所提及的照片），多少年深藏箱底无法面对。现在再去看，只能感叹岁月强大，用时间把闷堵的情绪转变为记忆的趣事。

参加工作后，又不可抑制地在本地照相馆照了几次所谓的艺术照，随着整体摄影水平的提高，比前两次似乎好了很多，也终于有勇气保留，但遗憾的是这些照片竟不如生活照。

艺术照，成了我心中的一个结。

20世纪90年代中期，婚纱照开始流行，西安几家店，比如金夫人、新新娘，火得简直不得了，拍出的照片美丽无比，属高档消费。1998年，在我快要成为新娘子时，婚纱照成了藏在我心底最大的期望。在准备拍婚纱照时，遇到一个让人略伤脑筋的问题。先别说婆婆的态度，俺那时尚的亲娘也认为延安照相馆已拍得足够好，完全没必要去西安专门拍照，太折腾。这是个观念问题。乖巧如我、孝顺如我家先生的一对"才子佳人"顾及亲人们的想法，我家先生绞尽脑汁，偷偷拿着他的"私房钱"，带着我花了三千多元（当时一个月工资不到一千），在当时台湾老板开的、口碑最好的金夫人西安店拍了一整天婚纱照，这一次，也用四个字形容心情：无与伦比。我毫无新意地觉得自己是世界上最幸福的人。当亲友们见到照片时，被震撼到了。一位长辈兼友人对照片赞叹不已，细问起价格，我支吾着说"一千元"，他感叹不已，计划也去拍一套，害我担心很久，只怕他戳穿我乖乖女的良好形象。艺术照这个结至此变成了快乐的芽。

　　结婚十周年，在我的煽动下，我和先生带着女儿去当时西安最流行的蒙娜丽莎影楼拍了一套十周年纪念照，随着摄影技术的提高，让担心容颜老去的我又自信了一回。

　　现在，我也有点迷上了摄影，偶尔会用不专业的水平给亲友拍上那么几张。追求人物的美感被我放在第一位，因为我觉得，那是所有女人最看重的东西。

夏 天

夏天，是一个乱糟糟的季节。天气乱糟糟，心情乱糟糟，行程乱糟糟。纷乱的花草，叠乱的云，错乱的脚步，缭乱的色彩。

一场突如其来的雷雨，扰乱了行人的脚步，乱中的畅快。

雨后的一抹彩虹，乱中的惊喜。

一阵嘶哑的蝉鸣，是聒噪中季节交替的新音。

挥汗如雨的闷热，需要一根冰棒来安慰。

蛙，在池塘中自鸣，用它的得意点缀你的失意。

荷，用它的清雅，惊乱你的心神。

蛐蛐，在墙角欢歌，夏夜微醉。

萤火虫，带着夏天的色彩，照亮你眼中的故事。

高考，强装镇静的慌乱和希冀，与这个季节相映成景。

听说，西藏的哈达被夏风卷起，快要触上布达拉宫上空的云朵；听说，吐鲁番的葡萄快要甜腻整条沟；听说，青海湖的油菜花把湖水映成了水彩画；听说，呼伦贝尔大草原的草淹没了马儿的蹄；听说，在一个不知名地方，薰衣草把整个天空染成了紫色。

那些听说，搅乱了你的心。

那些践行的脚步，将忙乱的欢乐洒遍整个大地。

那些却步的，在失意中干笑，在空调房的安慰中茫然。

还有一些奔波奋斗的人，在夏天艰难的燥热中前行，也许会收获成功的喜悦。

夏天连续的降雨形成的洪水，淹了一些城市，一些房屋坍塌了，令人恐惧，无法安睡。

那些失去家园的孩子眼中的泪，那些在马路的积水中摸鱼的行人，那些攀爬上屋顶等待救援的人们，那些站着睡觉的战士……

夏，是一个难以安静的季节。

夏，是一个繁茂的季节。

夏，是一个准备启航的季节。

夏，是一个无法捉摸的季节。

喜欢与不喜欢都很分明。

而我，喜欢夏温凉的水，喜欢夏冰透的甜品，喜欢大院中穿堂而过的风，喜欢夏夜里亲友的海阔天空，喜欢电影《夏日么么茶》中所演绎的浪漫，喜欢在夏的乱糟糟中滋生的希望。

太阳落下了山头，渐渐安分的空气里，隐隐传来钢琴曲《Summer》轻快的旋律，拢住了夏迷人的色调……

三九天逛东北

那次旅行，如今已过去五年，但每次给别人讲起，还是津津乐道，不如用文字记录下来。

在数九寒天去我国最冷的地方，是我很久以前就冒出来的念头。在网上查询，漠河是我国最北端，但零下四五十摄氏度，担心自己受不了，于是把目标定在哈尔滨。

拖儿带女的年龄，要去比较有挑战性的地方，必须慎重。

2008年，女儿七岁，我的内心有点小沸腾，那年夏天，我就开始准备冬天御寒的衣物。到了冬季，因为种种顾虑，最终没能成行。2009年，为保险起见，这年夏天我带着女儿到哈尔滨进行前期考察，这也注定了这个冬季的计划不能完成，因为休假时间在夏天已被用完。2010年入秋开始，我又购置起了冬季的装备，但由于种种原因，还是未能出行。2011年元月，正儿八经的三九天，一切准备就绪，终于成行。

在这里，要特别感谢我家先生。由于其工作性质，在进入冬季时会非常忙碌，注定我在冬天的出行缺少贴身保镖，每次在成行前，我家先生总是对我的冒进计划打击有加，但只要决定成行，每每又会有成熟周密的建议。比如这一次，他动员我一定要去一个我不太熟悉的地方——雪乡，也终于成就了我的这次经典之旅。那时，《爸爸去哪儿》还没有播出，"雪

乡"这个名字还没有"泛滥成灾"。

我做了过于充足的准备工作，导致半箱子的暖贴差点儿"出师未捷身先死"，延安机场工作人员经过较为漫长的确认工作后，经请示，才勉强放行。我对北京机场本不抱希望，没想到在首都安检时，工作人员只说了一句："过去买不行吗？多重呀！"

因为激动和紧张，前一晚我基本没睡着。飞机到哈尔滨快降落时，我更是激动和紧张到了极点。

到站后，我按照网上和司机的建议，先去购置了厚底棉靴，顺带给我和女儿买了可以护耳朵的棉帽。那天，哈尔滨不太冷，零下十九摄氏度，我和女儿装备齐全，找了一家小店吃饺子，落座后，老板娘看着我们娘儿俩，笑得嘴都合不住："拍电影的吧？"

说真的，冬天的东北是检验美女的最佳地方，因为太冷，脸根本无法着妆。看看镜子里的自己，确实感到有点不好意思，我竟然把自己打扮成了杨子荣的形象。

当我们置身于哈尔滨童话般的"冰雪大世界"里，感觉美得有点儿不真实。虽说冰天雪地，哈气成厚雾，但身着十九层的女儿（她自己数的，把暖贴也算上）向我控诉"身上出汗了"。我们竭尽全力把这个梦幻公园能看的、能玩的、能吃的统统拿下。

我们为自己大动干戈准备的装备笑了一晚上。

在去雪乡的路上，景色和天气都灰蒙蒙的，毫无特点，非常压抑，我一度担心雪乡当年没雪。车子走着走着，林海雪原的影子开始若隐若现，我的小心脏又扑通扑通跳了起来。等到了雪乡，我和女儿已经兴奋过了头。每一处可以挂住雪的地方，都有十多厘米厚的积雪，真是独特的美景。天不算太冷，不用再加衣服，我们一放下行李，就冲到街上，先找几个能玩的过瘾，比如，马拉车、雪圈等。

天很快暗了下来，也越来越冷，飘着雪花，哈气成冰，街道上到处挂着红灯笼，东北风韵十足，非常梦幻。许多摄影人士带着三脚架，在把手上裹着厚厚的棉筒，流连于街道。我和女儿去街上买了砸在地上都没掉下冰碴子的冻梨，泡在水里准备第二天解决。

　　堆个雪人吧！女儿不顾天黑，不顾寒冷，一直处于高度兴奋的状态。

　　在厚厚的雪地里压个印吧！女儿找了一片没有任何印迹的雪地，仰身躺了下去，被我拉起后，一个夸张的人形印在雪地上。当我认真地躺在雪地上，又被认真地拉起来时，雪地里那个形状让女儿笑岔了气，因为我太臃肿了，从雪地上那个形状看，根本无法判断是什么生物留下的印迹。

　　户外很冷，但民居里有火炕所以超级热，女儿穿着小背心超级兴奋。因为第二天要进林子看日出，所以必须早早熄灯睡觉。

　　最刻骨铭心的时刻拉开了序幕。

　　火炕上只有一层薄薄的褥子，我们如同铁锅里的烙饼，每三五秒不翻身就担心要被烤熟，我把褥子双层叠起来放在女儿身下，让睡梦中的女儿呻吟少一些，我则通过加快翻身的频率与火炕做斗争。后半夜，火炕的温度渐渐没了，我又开始翻找被子。

　　第二天，窗外有人叫我们起床，我和女儿把所有装备都裹在身上，坐上摩托车进林子上山。零下三十摄氏度，快要冻哭。一点都不夸张地说，我对衣服的每一个细微的层次都有清晰的感觉，寒气嗖地一下就穿透各种纤维，落在身体上。我戴着两层帽子，子荣帽和羽绒服的帽子，用厚厚的围巾固定起来，只要风把这些整理成形的帽子吹开一点点口子，我就担心脸和耳朵会被冻坏，立马要求摩托车师傅停下来，我好整理一次。虽说手套也戴两副，但每整理一次衣服，刚刚勉强存下的那点儿温度也就基本没有了。

　　我带着一个操作简易的傻瓜相机放在羽绒服口袋里，每次拿出来照两张相片后手基本上就没了知觉，也无法进行下一次操作，幸亏每个口袋里都放了暖贴，会有一丝温暖让我的手恢复一点点知觉。

下山的时候，天亮了，我们的心情和寒冷的温度完全相反。真正的林海雪原，根本没有路，到处都是"雪蘑菇"。摩托车师傅不让我们私自行动，怕一不小心掉进几米深的雪窟窿里。

返回住处，女儿说她没有觉得太冷，这让她的无敌守护神妈妈觉得非常得意。

紧接着的活动是什么？发挥你对冬天所有的想象。没错，狗拉雪橇、溜冰、逗狍子等。顺带提一句，回来给亲友炫照片，一张我们坐着狗拉雪橇的照片，几乎所有人看了好久之后，都会说一句"那条狗好帅"。

下午，天气放晴，雪乡最美的景留在我的记忆里。

雪乡真的很美很美，我们玩得真的很过瘾。

就写到这里吧，期待人生中那些不一样的遇见！

Andy

我的英语很烂,但却非常深刻地记住了Andy这个名字。

英语很烂,为什么上了外语系?

因为那是我妈给我选的。

上外语系一定很痛苦吧?

是痛苦,但也很幸运。

为什么?

痛苦,是因为不喜欢英语,自然会有压力。幸运,是因为,大学毕业后,我的英语终于比一般人强一些,从此,再没有特别弱的弱点。而且,因为那点儿能耐,打小便教女儿简单的英语单词,让她没有输在起跑线上。而且,在国际化的当今社会,揣摩电器的功能、揣摩化妆品的用途上会比普通人强一些。

Andy是谁?

1992年9月的某一天,一位红发碧眼的外国人走进教室,嘴里叽里咕噜说的全是英语。

他说,他叫Andy。

他说话时没有翻译,我的心脏紧急收缩。

然后,他拿出一张写满英语单词的纸张,让我们每个人选一个英文名字。

我的乳名中有个妮字，所以准备选安妮。

他走到我桌旁，问我的名字。我指着一个英语单词说："Annie。"

他看了一眼我用手指指着的英文名字，转头盯着我，不停地重复着一个发音。

紧张，让我早已不知所措。

他一遍遍强调，我终于醒悟，我选的是Anna，即安娜。

虽说第一次见面有些不堪，但他给我的印象是亲和、善良、真诚。

我们这些在20世纪90年代初高中毕业的乖孩子，都没见过什么世面，对Andy这种让二十几个人围成一圈的自由式、互动式教学模式，既新奇又腼腆。

不知从什么时候开始，每一节课的互动项目，Andy必定会叫到我，还有一位学霸。我经常紧张到手足无措，茫然地盯着Andy，努力听他在说什么。虽然我很喜欢他的课，可因为他总是提问我，把我置于焦点，让我既慌乱又煎熬，既想上他的课又小有顾虑。

在他的千锤百炼下，我的心脏从一个蚕茧的结构变成了毛线团，越来越放松，我的英文水平在比较短的时间里畅游在中游水平，从此不用担忧，无比惬意。

记得有一节课，他让同学们用中文讲一个童话故事。被点名后，我讲的是小红帽的故事。从小，我就害怕在人多的地方讲话，所以我又不可控制地紧张起来，同学们被我生硬的讲法逗笑，不懂中文的Andy看到同学们在笑，也投入地笑起来，让我错觉自己讲得很精彩。

Andy在同学们面前展现的所有行为都很绅士很礼貌，他会用响指叫醒走神的你，他会对迎面走来的每一位同学热情地打招呼："Hi！"

记得有一次，Andy从教室外急匆匆走上讲台，第一次控制不了情绪，用蹩脚的中文骂道："×××是个王八蛋。"然后很快平复情绪，开始上课。谁对谁错，毋庸置疑。这就是Andy的威望。

初离家门、脆弱敏感的我，非常非常感激Andy。

一年多后，Andy要离开我们学校了。

外语系有一些欢送活动。我很想当面给Andy说感谢的话，可我的口语不好，无法完整表达出我心中的想法。

我想和Andy合张影，可拍合照的学生潮让我却步。有几次，Andy看见我，向我打着招呼，我还没来得及回应，Andy已被其他同学"掳走"。

十九岁的我非常难过，和密友一起伤心。

又一年的圣诞节，我在学校旁边的小饭馆突然看到了Andy，他和几个外教吃饭，他一看到我，笑着过来打招呼，我怯怯地迎上去，简直恨死了自己的英文水平。他说他在甘肃的一所学校教书。我用中式英语说了我的近况，也不知他听懂了没有，他用最简单的语言鼓励我。

后来，我给他用英语写了一封信，他回了信，在信中又鼓励了我。我很开心。

在我的所有老师里，Andy是一个温暖的存在。

当微信把大学同学一点点又聚起来时，我想起了恍如昨日的大学生活，想起了那些青涩的点点滴滴，想起了Andy。我问："谁有咱们和Andy的合影？"其实，我也只是一问。

愿那些美好的记忆永远在时间的长河中流淌，让我用中式祝福祝Andy好人好报！

小　站

　　前年秋天去西安，按照以往的习惯，会光顾一家影碟小店，可那天，到那条街上反复去了几次都找不到那家小店，向旁边的店家打听，都摇头表示不知道。

　　真是见了鬼，我上次光顾那家小店不过是半个月前的事情。

　　我从来没有留意过那家影碟小店的两边是卖什么的，于是，我就顺着那条街一家一家地问，终于有人给了我答案：那家店十天前关门了。

　　我站在风中凌乱了一会儿，心里空落落的。

　　在此之前的半个月，我光顾过这家小店，布局依旧，只是店长很陌生。新店长说，旧店长家里有事，不干了。新店长不怎么热情，对他家的影碟不甚熟悉，不知道我需要什么，我随便买了一张便离开了。

　　那一天，我很失落。

　　我和我家先生曾是影碟爱好者，这家小店被我们发掘有七八年了。刚开始，那个利落柔和的姑娘还不是店长，但她很快以她的品位和诚意把我们发展成金卡会员。每次我去了，她都会认真地询问上一次她给我们推荐的影碟我们是否喜欢，每次互动中都有一些让人欣喜的相知。她会告诉我：这一边是新进的一些老碟片，很不错；这几张是新出版的，没什么深度；这一张，你去年买过；这是最近比较流行的车载音乐，孙露的，想试听一下吗？

在那家影碟小店光顾的次数多了，我发现能否给我们推荐到好的碟片，似乎很影响她的心情。有时，她会带着歉意笑笑：最近没有特别好的。有时，她会高兴地说：这几张刚到的，很不错。有时，她会打来电话：《忠犬八公》我已找遍了，没有正版的，真是不好意思。

即使西安的影院已开始蓬勃发展，即使延安的影院也开始崭露头角，那家店依旧是我每次去西安必会光顾的地方。

可是，有一天，那个姑娘突然就不见了，然后有一天，那家店突然就消失了。一个精神小憩的小站，在我的人生旅途中就这样没了踪影。

我的碟片，因为正版盗版混乱收集，因为家里逼仄的空间，因为电影市场的冲击，因为影碟店的关闭，送人的送人，丢失的丢失，成了一种回忆。

越长大，越有一些奇怪的感觉。

有时候，光顾了好几年的小吃店突然就关了门，再没有开过；有时候，听了几年的卖豆腐的吆喝声突然就消失了，再也没有听见过；有时候，磨剪刀的匠人在你的视野里渐行渐远，再也没有回来过；有时候，曾经认识的人很久没有出现过，而且以后也不会再出现。

你不知道这些无关紧要的画面意味着什么，却在若干年后一个秋凉的夜晚，会突然涌上心头。你的心情不会有大的起伏，你也不会有太深的感慨，只是这些隐隐恢复的记忆在你心灵的某个位置轻轻烙了个印，带着淡淡的忧伤。

人生，就是一个轮回代替另一个轮回。场景在换，人物在换，结构不变。女儿今年十五岁，我比以往更容易想起我在她这个年龄时的事情。应该是从这个年龄开始，我变得有思想一些，所以回忆的感受多一些。不觉得自己有多少人生的经验，却不可控制地想掐掉一切自认为对她危险的事情。爱，会让人变成自己不曾想象的模样。

就是这些人生的小站串成我们的生命之旅，想让每一步都快乐，想让一生都顺意，贪婪如此，却只是善良的期待。

一切都会随风而逝。

回到现实，只念最重要的伴我如初。

我善意看世界，愿世界也温柔待我！

寂 寞

寂寞是什么？应该是情绪没有着落吧。

有的人寂寞，就把自己窝起来，似乎能寻到一丝安全感。

有的人寂寞，就往人堆里扎，如参加一场假面舞会。

有的人寂寞，就用不寂寞的事情摆渡自己。

我认识一个进城务工的大姐，她的老公常年在外地打工，她有两个孩子：一个在省城上大学，另一个上高中，平时住校，周末才回家。她不喜交谈，看起来知足、平淡，会在空闲时间跳广场舞。如果孩子假期回来，她会笑盈盈地讲，一个人清静惯了，孩子回家反而会觉得家里乱糟糟的。有一天，聊天聊入状态，她突然说：晚上回去很寂寞很寂寞，和"掌柜的"分开太久，即使他偶尔回来坐在一起，都不知该讲什么。

我们经常会看到有一些人独自读书、看电影、喝咖啡，也不全是寂寞的感觉，个中的差异也许就在于心中有无着落，你牵挂着谁，谁又牵挂着你。

年轻时的寂寞，只是逗号，是在对生活目标的追寻中打了个盹，还会有那么多可以选择的句号等待你的探索，那种寂寞多少都会有一些诗情画意在里面。

走着走着，寂寞成了一种冷清清的现实，生活的失落，事业的失意，感情的挫败，或者大家恰好都忙以至没人陪你吃一顿饭。

前几年回老家，有一个老大爷终生没有走出过村子，也没有子女，平时看起来乐呵呵。被那种画面伤到的人怕是只有我，设身处地想想，换作是我，想死的心都有。

是什么让我们变得脆弱？又是什么让我们收获精神的硕果？

每个人，如果不是被生活的庞杂碾轧得感观失灵，总会有那么一段感觉寂寞的时光。

只是，寂寞会变成你心头的诗，还是熄灭了你心中的火？

寂寞成全了你的阅历，还是流淌在你的经历里？

有的人寂寞，是曲高和寡；有的人寂寞，是曲终人散。

寂寞有时候也是一种选择。求学之路的寂寞，艰苦跋涉的寂寞，为的是追寻人生高处的美景。

人生漫漫，却又转瞬即逝。

曾经有一位友人的妈妈，贤惠能干，擅长做各种特色小吃，我对她们家的记忆永远是亲朋满座、祥和热闹。去年再去时，家里冷清，阿姨有点老年痴呆，生活勉强自理。细数，也就是几年的工夫。她的老伴，也有一些老年病，两个人虽说木讷，还算安逸。作为旁观者的我，反倒心生寂寞。

也不全是这样。

不知你的周边有没有这样的人，沉浸在自己的寂寞里，或如杨过和小龙女，或如乔峰，或如程灵素，或如黄药师，总之，是美的。

初冬的风吹过，树叶落了，树是寂寞的；路上的叶被扫把扫过，叶是寂寞的。

而在人生的路上，你牵挂着谁，谁又牵挂着你？

铺展开我们的人生篇章，寂寞、快乐、得意、心酸、幸福、麻木、平淡、传奇……

你，找到自己了吗？

致

初冬时节，天气温暖，恍如春天。

致闺密：许多年前的某个时刻我们相遇，彼此吸引。或同床共聊八卦，或促膝长谈人生，如对方遇不平则两肋插刀，把无聊变得有趣。不论多久不见，再见时，一定能从透彻的青春年代找到那把穿越的钥匙，笑着说："你这家伙！"

致友人：友好的友。因为善意，所以相知。在人生的旅途中，相伴一程，或浓或淡，总有许多温暖在里面。

致知音：音，一致的兴趣爱好。相见会恨晚，在共同的气场里，忘乎所以，旁若无人，高山流水，叹为观止。

致同学：懵懂年代，如水年华，清晰，透明，总能在每一个同学的影像里找到当年的自己。我们怀念的，是那个再也回不来的自己。

致过客：能记住的，总是惊鸿一瞥。那些温暖的细节，会以数千万倍的速度，感染你对世界的认知。

致小人：一个非常令人讨厌的存在。曾试图唤醒他们的良知，却再一次验证了自己的无知；曾试图避之千里，却发现收效甚微；曾试图执意对抗，却陷入更无望的深渊。最大的"好处"是丰富了你的阅历，多年后，激昂讲起，会惊喜地发现，你是个有故事的人。

致亲人：要么这一世的血脉，要么上一世的允诺。如淡水不可或缺，如红酒余味悠长。关键时刻，越彰显本色。

嗑瓜子

今日,在马路边上顺手买了一斤延安当地的特产——盐炒瓜子。卖瓜子的那位大叔蹲在地上,脚旁放着两筐炒货:一筐瓜子,一筐花生。瓜子的个头虽说不是特别大,可品相不错,和夏天库存的陈旧货色有很大差别。大叔自吹自擂:我的瓜子自己炒的,可香了,昨天有人一次买了八斤,不信你尝,不好我都不敢让你尝。旁边有几位捧场的,我可以断定不是"水军",于是买了一斤,回家一尝,饱满、入味,满口生香,果然地道。

最近,延安的大街小巷,这种担着小筐卖瓜子的小贩很多,不用费多少神,就可以买到地道的盐炒瓜子。不用说,这是到了盐炒瓜子的季节,不像其他季节,总要有点吃货的门道才能买到称心的瓜子。

作为一名延安出生,延安长大,但和老家宜君又多有牵连的人来说,受两地文化的影响,许多东西都是含混不清的。到了中年,才能回味出许多滋味来。

瓜子是我打小以来,认为最低调又最奢华的零食。奢华是指味道,低调是指相对平民的价格。

盐炒瓜子算是陕北的特产,小时候,为数不多的小摊贩那里有卖这种瓜子的。那时候,似乎全民都钟爱嗑瓜子,最壮观的场面要数看电影时。我家住在一所学校,学校门口有一条河,过了桥,对面有一个市礼堂,算是专门的观影场所。那时候的电影不多，看电影就如同现在赴圣诞晚宴，家家户户早早准备，到影院门口买上一兜包好的瓜子，嘎巴嘎巴，嗑瓜子的声音伴随整个观影过程。偶尔也有嗑瓜子停息的时候，那是被暂时的观影笑声或惊疑声所代替。整个影院弥漫着瓜子壳被咬裂时迸发的香味，增添许多温暖的氛围。电影结束了，地面会是厚厚的一层瓜子壳，在人潮的踩踏中余香飘散。

在当时，买现成的炒货还是比较奢侈的享受。而生瓜子的来源相对容易，于是大部分家庭都会炒，只是没有小摊贩们炒的地道。物资匮乏是20世纪七八十年代一个普遍的问题，而瓜子的低调之处就是平时还可以小打小闹，节假日则基本上管够。嗑瓜子上瘾，一盘瓜子嗑不完一般是停不下来的。我们常会听到嗑瓜子的人说：再嗑一把就不嗑了。但没有几个人能收得住口。

我们家节日也炒过瓜子，会给我们兄妹三人等分，我属于三人中最细心的那个，经常是他们都吃完了，我还余留不少。这个时候，如果家中来了客人，我的瓜子就主动充公，自然会得到父母的表扬，我在由衷地高兴的同时，心底也有些许不舍。

我小时候也炒过瓜子，用想当然的方式：把生瓜子放进铁锅，然后把颗粒盐用水化开，一点点倒进铁锅翻炒，瓜子皮略有焦黄，上面裹着盐就能出锅了。很好吃，只是焦了的瓜子会染一手黑，还有嘴，就跟画了一圈黑胡子一样。

我的一位邻居长辈吃过我炒的瓜子，我那时十三四岁的年纪，起因是我妈的赞词，"家中有女初长成"，我妈难得有机会炫耀养女儿的好处。邻家阿姨吃完后评论：瓜子炒得不错，只是皮焦了，里面不太熟。我的天，这都能吃出来！我表面谦逊，内心觉得阿姨吹毛求疵，深受打击。

我还有表现的机会。祖父辈们健在的时候，我家过年都是回老家过。盐炒瓜子是陕北的特色，回去了就想嘚瑟一下，某一年，我掌勺炒过一回瓜子，老家的一位亲人赞不绝口，又懒又贪玩的我头脑一热，花几个钟头炒了几锅瓜子。没两年我就反应过来，这种教育叫"激励法"。

延安的瓜子也有演变。

记得上小学时，在我家对面的那个市礼堂门口，常年有个老大爷用架子车装着几种味道的瓜子还有红薯干、苹果干、杏干等售卖。我最钟情一种用水煮过又晾干的五香瓜子，五分钱一兜。偶尔的奢侈，让我的口、齿、胃都得到了极大的满足，永远也忘不掉。

大概在我上初中的时候，一个新物种——奶油瓜子，风靡延安。它不掉色、味道香浓。过年回老家宜君，拿一蛇皮袋子奶油瓜子，比谁都牛。盐炒瓜子开始被嫌弃。

曾经的我，嗑瓜子也绝对是与时俱进、毫不落伍的。只要一开口嗑，就停不下来，一会儿瓜子皮就堆成小山。记忆深刻的是嗑着瓜子看电视节目《正大综艺》，之后会有时尚的译制片，那时候是单休日，物质和精神的极端满足给周末难得的惬意争到一席之位。

多年后，一位好友和我聊天，突然问：你很爱嗑瓜子？我惊讶。她说：你看你的瓜子牙。我一照镜子，门牙上有两个豁口，我从来没留意过这个，觉得很是不可思议，回家后拿着瓜子做试验，果然每个瓜子都会自然而然放在豁口上，我终于信了，佩服自己嗑瓜子的能力。

"民族的是世界的""传统的是永恒的"，这是当前比较流行的说法，我也是人到中年，才越来越喜欢家乡的味道，才越来越对陕北有了归属感。

一颗瓜子，几十年的记忆流淌，逝去的年华也在不知不觉充盈着内心，我们在感慨中欣赏着这个世界。

陕北的春色

春分过后,陕北大地那如素描般的色调上开始有了一点点色彩,你平静了一整个冬天的心有了一些波动。抬头间,回首间,不经意会有一抹若有似无的颜色吸引你探索的步伐,当一朵娇弱又明媚的小花在你眼前含羞带笑时,你心中会有一丝悸动:"春天,你好!"

再过一段时日,山坡上、沟壑里,一树又一树的淡粉色、深粉色的杏花、桃花零散地分布着,蓝天、白云、春风卷起的黄土微尘,把赶牲灵的农夫们镌刻在一幅画里。如果有那么一刻,你的眼眶因这些平凡的画湿润了,那会是怎样的一种乡情包含在里面?

山坳里,有那么一户人家,探出土墙的桃花繁茂到极致,温柔又绚烂。你会想象,土墙围成的院里,定是一种令人心驰的融融欢乐,或是主妇系着围裙端着簸箕身后跟着一群的小鸡;抑或是小黑狗抢了小后生碗里的肉骨头,惊起一阵响亮的哭声……那一树桃花就那样静静地开着,那一扇大门就那样轻轻地掩着,静谧又生动,让你觉得这里的一切都是热切的。一年又一年,你从山下经过,那一树桃花静止了流年的时光,在抬头仰望间,心底的笑意轻轻晃过。

陕北的春天,就是一种寂静中的欣喜。

在沟壑纵横的黄土高坡上,枯草是坚挺的,伸向天空的枯枝是遒劲的，碾轧在古道上的车痕是深深的。那在春天里挣扎而出的绿芽让你产生一种对生命的敬重，那一树又一树散落在山间的粉色，让你心生怜惜。这一切，是四季分明的地域里独有的轮回与惊喜。

有一种极具中国特征的艺术手法，被称作"留白"。陕北大地的春天，那一整片素色背景下点缀着粉色，在我看来，就是一种"留白"意境，一种简单的美。

追逐江南诗意春景的步伐，我自年少以来不曾停息，每次都有满载而归的知足感，温腻的沉醉，娇嫩的心事，与世人共鸣的浓郁，总有那么些值得炫耀的优越感。

可是，黄土高坡的这一季寡淡的春色，虽说很少被世人关注，却穿透了我心底，使我有了别样的悸动。

这就是所谓的乡恋之情吧！

某夏某晨

昨夜下了雨,雨停,风淡,纱帘轻漾,给屋内送入一阵又一阵凉风,夏夜,变得美妙。

昨夜,饮了茶,睡意不再。

于是,听了雨落,触了风起,嗅了尘味。

在入夏以来最酷热的天气里,突因一场大雨而转凉的夜晚,不尽的惬意。

夜,越来越深,也越来越静,慢慢地,就生出了一种静默,思绪活跃了起来,另一种记忆跃上了心间,那些童年不可磨灭的记忆。

在那个森林环绕的小县城,与孩童们嬉闹完歇息时,坐在院子里,啃几块外婆留下的西瓜,蛐唱蛙鸣,蒲扇携着花香轻风拂面。再累,萤火虫飞过,也会追一会儿;再累,流星划过,也要手舞足蹈一会儿。

而今夜,是安静的,甚至是沉默的。

这是一个容易怀念的夜晚。

明早,约了亲友,要去拍荷。

闹铃定在凌晨五时。

将要五时,天开始微亮,我不忍破坏掉这一份安静,关了铃声,静静地等着,期待什么事发生。

突然,一声清脆的鸟鸣在寂静里响起,动听又神奇,那只小精灵主宰了整个世界。它是有着怎样一种欢愉的心情，才能鸣出那样出世的曲调？

稍稍过了几分钟，扫把在院落奏出另一种乐曲，鸟儿们都渐渐醒了，尘埃醒了，树木醒了，天空醒了。

我也清醒了。

五时四十分，开始透亮的天际有几抹淡淡的彩霞，应是晴天，拍荷的好天气。

走进山间，空气清新，草木葱茏，昨夜的雨，让陕北有了南方的格调。

雾弥漫在山间、林中、小道，十几只麻雀落在路边的电线上，它们自成五线谱上的音符，生动又可爱。

车子从一个弯道转过，星点粉绿映入眼帘，再往近走，整塘的荷，聚集了一夜的天地灵气，千姿百态，幽香扑鼻。

难得一天有这样一个开始，真好！

那些年在车上遇到的人

近两年，乘动车去西安，总能遇到一些奇怪的人，比如某天的动车上。

我在靠窗位置，邻座女子怀里抱着一个男婴，几个月大，旁边还站着一个五六岁的女孩。车还未开，过道人多，女孩被撞来撞去，女子把女孩塞在我和她之间，我赶紧往窗边挤挤，把女孩往自己身边揽了一下，让那女子位置稍宽松一点。终于，车开了，女子转头看着我说："路远，娃累了，你帮我抱着娃吧。"我惊诧地盯着这名女子，在我的脑子里闪过一千种策略还找不到合适的处理方法时，这名女子和她的两个娃被乘务员带走，再没有回来。

那一天我把我的经历分享给友人，得到各种有趣的见解，让我又一次怀疑自己的智商。在反思的过程中，我又想起一些，怎么说呢，过了很多年还能记住的乘车的经历。

很早以前，每次买卧铺票时，我总会争取买到下铺，于是，就有了如下的经历：

某次，火车开动了。我的上铺是一名六十多岁的老人，她没有要求什么，自己试图要上到上铺。虽说我文气十足，不喜攀爬，可她的平和让我十分不安，最后我把下铺让给了她。老人要给我补差价，我没有要，心中那根道德标尺带来的荣誉感怎能被那几毛钱消融。

某次，我刚在下铺坐定，上来一名中年男子，他一见我就亲切地叫道："这不是小张嘛！"我礼貌地笑笑，他说："我是×××，原来和你爸在一个部门。你爸是个好人，威信很高的，你家孩子都乖、懂事，教育有方啊。"然后，他问我："这是你的铺？"我点点头。他似乎自言自语："叔叔个子这么大，上铺睡都睡不下。"接下来，不用我讲大家也能猜到发生了什么。

我知道我个子小，上铺似乎更适合我。那些年，我总能买到下铺，可莫名其妙地总在上铺。于是，当再一次买票时，售票员问我要不要下铺，我斩钉截铁地说："要上铺。"

上铺除了挤、冬冷夏热、上下不便，似乎再没啥新意，可坐得多了，就会有新意。比如，某天快熄灯时，我爬到上铺，对铺是一名三十岁左右的时尚青年，一向拘谨的我小心翼翼地躺下。接着我用余光看到了不可思议的一幕：那名男子一件一件脱掉衣服，只剩一条内裤，白花花的一片，他还把衣服仔细叠起放在枕边。我拿着《读者》杂志一动不敢动，生怕他发现我注意到了他。终于熄灯了，我背过身，一夜不敢转身。第二天认真确认那名男子下去了，才开始收拾。

近两年，腿部有伤，再不能攀爬，于是每次都会在网上确定买到下铺才出行，依旧会遇到奇奇怪怪的人、奇奇怪怪的要求，当给别人示意自己腿有问题时，有个字"尬"，那种感受不陌生吧？

现在，我多选择坐动车。有一回，遇到一对"互相深爱着的情侣"。二等座，我在两人座的靠窗位置，旁边是一名年轻女子，隔着过道是三人座。女子的男友在过道另一边的那个座位，他们俩被一条过道隔开，不能依偎。车开后，那名男子让她的女友用胳膊肘碰了碰我，两个人用祈求的眼神看着我，男子说："咱俩能不能换个位？"

之后，女子一直抱怨男子票没买到一起，男子一路道歉。一路有多远？延安至西安，真的是说了一路啊！

我的天，我彻底愤怒了，不愿再妥协，我——受——够——了！

于是，某回，我一上车，把耳机一戴，管你什么人。

一名男子用手中的报纸戳了戳我，看他的意思要坐我这里，我厌烦地回了句："不换。"然后闭眼享受音乐。

当乘务员告诉我这不是我的座位时，我看到那名男子倚在两节车厢的连接处看着我忍俊不禁。

好了，不想写了，尴尬的"尬"呀！

六十年代的爱情

我喜欢那些有趣的人、有趣的事、那些轻轻拨动我心弦的时刻。

因为特殊的机缘,S阿姨和G叔两位长者带我回他们老家看古窑洞,并计划对窑洞周边无人问津的甜枣进行囊括行动。于是,在驱车行进的过程中就有了以下对话——

我:"你们是怎么认识的?别人介绍的吗?"

S阿姨:"我们是小学同学,也是初中同学,他高我两级。"

我:"你们不会是自由恋爱吧?六十年代?"

支支吾吾中,空气里飘散着一丝甜蜜的气息。

在我的刨根问底下……

S阿姨:"他呀,老谋深算,到现在都不承认是他追的我。"

G叔,几次略带拘谨地插言:"哎呀,别说了。"

幸好我是金牛座,没有什么可以阻挡我完全被激发起来的好奇感,所以这个小故事才得以继续。

S阿姨:"初中毕业后,响应上山下乡运动,我到××公社××大队插队,你G叔在另一个大队。过了一段时间,他突然被调到我们大队,队里人都传,他来这里是和我结婚的。我很生气,就不搭理他。"

听到这里，我忍不住失声大笑起来。G叔坐在前排，有一点点尴尬，却也不可控制地轻笑起来。

"那后来呢？"我总是沉不住气。

S阿姨："半年后，他去当兵了。"

"啊？"

"过了段时间，他就写信，不是给我一个人，我们队还有一位女同学，他就给我们两个写。一封信是写给两个人的，信封上是我们俩的名字，信的抬头也是我们俩的名字，内容就是一些日常的工作学习情况。然后我们俩就回信，那个年代就是那样。"S阿姨的记忆力特别好。

"G叔当兵当了多少年？"

"十几年。如果他那时不当兵，我们俩可能还成不了。"S阿姨笑着继续道，"那时当兵特吃香，特受人崇拜。通信时，我想象他穿着军装的样子一定很威武；我还想象，当上几年兵，他的个头也一定长起来了。"整车的人捧腹大笑。（G叔个子确实不怎么高。）

"你们一直都写信联系？"我大笑着追问。

"写着写着他就开始给我一个人写，我也开始单独给他写，所以他现在老说是我追的他。"S阿姨笑着用指头指着前排的G叔。

"你对我没意思，怎么会单独给我写信啊？"G叔抿嘴浅笑。

"你给我单独写，我当然也要给你单独写啊。"S阿姨笑着反驳。

"你们就那样正式交往了吗？"我想知道到底是谁先挑明的。

"也不算，那时候写的内容都是工作学习之类，也没有私密的话。"

"通信有多久？你们什么时候结婚的？"

"六九年当的兵，七六年七月结的婚，他八六年底从部队回来的。"

"哎呀，这么长时间！"我轻声惊呼。

"后来就会互寄一些东西。"

"她曾给我寄过一条毛裤，轰动了整个部队。"一向擅于"画龙点睛"的G叔又一次开了口。

"什么毛裤？"我两眼放光。

"那时，你姨给我寄了一条自己织的毛裤，我一穿，长短刚过了膝盖，所以，部队的战友们都说我女友给我织了一条毛半裤！"

哈哈哈哈哈，整车的人快要笑岔气了。

"当时不是只有那么多线嘛。"S阿姨脸红着说。

"他还哄得我在他当兵时去了一次他们家。"S阿姨向我讲起那件她记忆深刻的事，"他给我来信说他母亲身体不好，让我代他去看看，于是我和我们大队那位女同学就一去了。去时，他家正在煮羊蹄，怕我是城里娃笑话，就藏了起来。后来聊着聊着，我说我就爱吃羊蹄，他母亲说：'看来这就是要当我家媳妇的，和我喜欢吃的一样。'"

S阿姨笑着对G叔说："都是有预谋的。"

"你们在七六年结的婚？G叔又在部队当了十年兵才回来的？"我在我的心中捋着时间表。

"哦，是的，就这样通着信不知不觉就谈婚论嫁了。"S阿姨笑盈盈地讲，前排G叔略加补充，我头脑中的画面越发清晰。

很早以前，我读过S阿姨写的一篇散文《家务》，生动有趣地记录了他们两人因为家务而产生的一些"家庭战事"，文中引用了一段G叔对她因家务操劳发威后的反击之语："唯小人和女子难养也。"当年读时，被生动的文字多次惹笑，如今再想，更生趣意。

目前，他们均已退休数年，归隐田园。S阿姨文艺感性，G叔技能众多，常让我有"高手在民间"的感叹。

后来，我讨来S阿姨写给G叔的一封信，读时，颇有时光倒流、岁月静好之感。

怀　念

近期，影院在上映《英雄本色》，是港片走向巅峰时期的代表作，几十年前轰动一时，震撼、感动、沸腾，颠覆传统领域的人性认知。那个为了弟弟而隐忍的"豪哥"狄龙，义胆的"小马哥"周润发，稚嫩帅气的"阿杰"张国荣，警界匪界、好人坏人，枪战激烈，让人目不暇接。

那时候，我正年少，在录像厅、露天电影院，追了一场又一场，感受侠气冲天。我还因为《英雄本色2》中张国荣看到流星的闪念，错失拔枪最佳时机丢掉性命而深感忧郁。周润发，无疑从这个片子之后，成为那个年代无可替代的影帝。

不可磨灭的时代记忆。

最近，影院重新上映这部片子，我自然会再看一场。

不大不小的影厅，不大不小的银幕，不远不近的位置。

一个人的专场，一种忘我的安宁感。

怀旧的画面闪烁着一个又一个耀眼的名字，吴宇森、徐克、黄霑、狄龙、周润发、张国荣、李子雄、成奎安、柯受良……时光流转，世道轮回，江湖再也不是那个江湖。

我并没有穿越变成那个年轻的自己，却不可控制地在脑海闪现出多年前那个恍惚的自己。

那些感受深刻的画面早已斑驳。

再也回不去了。

电影里那些曾令人捧腹的幽默看起来做作夸张，那些想要表达的江湖情景生硬含糊，那些很帅的实力派演得用力过猛。我们并没有喜新厌旧，那些是那个年代的经典，是那个年代独有的顶级创新，是那个年代思想释放的灵魂之作。那个年代已经过去，那个江湖已经旧迹斑斑。年轻一代会流露不解的神情：这个片子——不会吧？而我们这些曾经趋之若鹜的追随者，在历史的倒带中审视自己，再次向那个年代那些造梦者致敬，在追忆中为那些真挚的情绪感动。

怀念，是这个世间最美丽的情感之一。

记得小时候有一次放假回外婆家，外婆不在县城的家里，大舅逗我，说外婆去世了，我哇地哭了起来，大舅赶紧载着我回农村老家。

在村子拐了又拐，到了一个小坡上，坡上有一扇大门，大舅指了指门。我冲进大门，左顾右盼，看到左侧的地里种满了金灿灿的花，看见正在采摘的外婆在夕阳的映照下也发出金灿灿的光，我喊着"外婆"扑进她的怀里，外婆笑着，泪盈眼眶。

记忆中，院子的树上挂满了果，谷地里麻雀成群，村里一棵大树下的水池里积满了水，我还在那里见过一条水蛇。松鼠在院子里蹿来蹿去，挖了很多洞，我和小伙伴堵了它使用最频繁的一个洞，把一只松鼠卡在洞里不能前不能后，我们差点抓住它。那些比我年龄还小的叔叔们在我的指挥下，给我掏屋檐下的小麻雀；我爬树抓知了，腿上被划下一道道血痕……

一直都觉得记忆中的画面清晰无比。

去年一大家子回农村老家，一切几乎都是陌生的。那些荒弃的院子大门紧锁，长满杂草。我在亲戚的帮助下努力回忆哪里曾经种满了花，哪个院子是松鼠的乐园；努力辨认出一棵枯了的大树下，有一片微陷的杂草丛生的荒地，竟然就是当年的水池。

再也回不去了，怀念，是那个年代存留下的最质朴的梦境。

高中，是学生时代最为重要的一段记忆，转学、高考，一群优秀的少年，一个特别的自己。高中毕业二十六年后的同学聚会，似乎是对青春怀念的交代，每位当年有交集的老师和同学，我都怀着一颗真诚之心去面对，可那种感觉更像是一幅年代久远的美丽沙画，风侵雨蚀，每一次碰触都是一段记忆的流逝。

一切都变了，再也回不去了，怀念，变成了那个年代我曾经扎过头发的一条白色碎花手帕。

我们总说，过去的年代多么简单，多么让人怀念。大多数情况下，我也会这样想。前些天，和亲人们聊天，不是虚幻的追忆，而是真真实实的回忆。

小时候的冬天真的好冷，孩子们脚上长的冻疮年年都犯，严重时鞋都穿不进去。

小时候，每周只有一天休息日，要从操场的那一头提回热水，洗澡洗衣。

小时候的冬天要生炉子，炉灰没几天就堵了烟囱，倒烟囱不是一件美妙的事情。

小时候，延安的二道街充满泥泞，小摊贩和买家争得面红耳赤。

小时候，家家都用不新鲜的大米去换大米皮，双赢的欢欣充满整个院子。

小时候，买一件新衣，吃一顿好饭，捡上一元钱，都能幸福好久。

每个人跟随思想穿越回那个年代，都泪光盈盈。

假如时光可以倒流，并没有几个人真的愿意回到过去。

有时候，我们片断式留恋过去，抱怨现在，也许恰恰说明我们现在过得还不算太坏。

可是，我们无法阻止对过去的怀念。仔细想一想，我们到底在怀念什么？

　　那个物资匮乏、生活简单、梦想单薄的小时候，令我们怀念的东西很多。社会发展突飞猛进的现在，我们不会再为一瓢水、一碗饭而轻易满足。世界越来越繁杂，总有很多让人凌乱的选择，我们头脑里有很多想要实现的目标。和过去相比，我们的生活丰足了许多，而怀念，却更容易停留在那个时候。

　　再想想，不难发现，我们真正怀念的东西线条清晰。其实，就是和纯真相关的所有美丽。比如，那个更年轻的自己；比如，那些没有禁忌的满山鲜活的花草；比如，那些已经逝去的深爱自己的人和那些自己深爱的人……

冬 至

最开始,冬至是地理书上的一个名词,是一年中夜最长、昼最短的日子,和夏至、春分、秋分一样有趣,是考点的重中之重。但是,每次当你背得滚瓜烂熟暗自得意时,考题却仅仅是一道两分的填空题,最初猜中考题的窃喜和看到分值的失望在分秒之间完成转换。

再后来,冬至成为数九天的起点。"三九四九冰上走,五九六九河边看柳。"数着数着,寒冬也就变成了个把月,才发现那些厚得夸张的冬装并没有多少机会穿。

到了春节,南方的亲友回来:"唉,又是暖冬,娃娃们还没见过雪呢。"河里的冰似乎一个冬天也没有厚到可以溜冰的程度,于是,大家聚在一起回忆小时候。那时候的冬天又冷又漫长,那时候的雪好大,那时候河里的冰好厚,还有那辆老爹年轻时亲手做的冰车。

可是现在,为什么一年四季"哗啦"一下就完了。

"太快了,一年又过去了。"似乎成了每个人的口头禅。

随着手机在社交界的席卷,传统文化也随网络的发展开始呈蓬勃之势。一大清早,在手机上看关于"冬至"的话题,几页都看不完。

"冬至要吃饺子,不然会冻耳朵的。"我不记得是哪一年听说有这个传统习俗,印象不是特别深,肯定不是小时候,那时候,饺子只是春节的专利。

有这个记忆的时候，我应该还处于一个不太喜欢吃饺子的阶段，还没有成家，会觉得这种说法有一种陈旧的乡土感。

那时候，冬至还是一件不怎么引人注意的事。

再后来，我成了家，有了孩子，长辈们会在冬至那天送来饺子，孩子喜欢吃饺子。更开心的是，这一天，我摸着女儿的小耳朵说："不吃饺子会冻成小猪耳朵哦！"女儿咯咯地笑着。就这样，冬至开始变成一个应该吃饺子的有点小幸福的日子。

慢慢地，我似乎也有了点一家之主的风范。冬至这一天，提醒在外忙碌的家人："哪怕一个饺子，也是必须要吃的。"

偶尔我出差在外，家人也早早打来电话嘱咐我："要买份饺子吃，别忘了。"

冬至，变成冬天里最温暖的牵挂。

不知不觉，孩子上了高中，在外求学。一家人，有时候会停驻在不同的角落。似乎是一夜间，我觉得自己成长为一个有担当的人，那些曾经不太喜欢的柴米油盐的琐碎开始有了许多温柔的气息。

我喜欢高谈阔论的父女笼罩在我的炊烟下，我喜欢冬至的那顿饺子弥漫的温情，我喜欢所有那些因季节变化带来的活力感。

冬至的期望，会有些许的甜蜜。

有时候，你改变，是生活的逼迫；有时候，你改变，是生活的需要；有时候，你改变，是淡淡的回响。

我们，终究会变成生活所赋予的某种类型的人。

今天，手机被饺子刷了屏，而我，只关心属于我的世界。

下雪了

那年元旦刚过，天气预报报道，关中、陕北近期会有中雪到大雪。于是，眼巴巴地等。

记得某一年，延安下大雪时我在西安，西安下大雪时我在延安，微信朋友圈里的朋友们都很兴奋，而我，只能望屏兴叹。

今年，我的腿伤又恢复了许多，所以野心早早地就膨胀了起来。刚刚进入冬季，我就和姐妹们相约下雪天给她们拍照，计划好谁负责车辆、怎么个接送路线、去哪里拍、谁背相机等细节，我还应景地在网上买了两把大伞，一把红色的，一把七彩的。

每次天气预报一有动静，负责车辆的人就给我打电话。

这时候，才发现人生有时候很无奈，百事缠身，不是你约不到我，就是我约不到你。而那变得滑溜溜的地面，终将成为阻止我出行的最后一道障碍。

不过，这也不算什么太郁闷的事情，毕竟这比没下雪要好很多，更比那种有了世上最美的雪，却早已失去赏雪兴致的情形要好很多。

那年的第一场雪，恰如天气预报报道的那样，中雪到大雪。

雪花刚刚飘落时，就像一个美丽诺言的兑现，让人迷恋。站在天地间，任由冰凉的雪片落在脸颊、鼻尖、发间，好似一场灵魂的洗礼，冲刷掉了冬天里那些坏情绪。

天地茫茫，万物纯净，梦幻神奇。

侄女发的朋友圈图片里，有一张图片，她的衣服上落着散乱的雪，其中有一片可以清晰分辨的六角雪花，异常美丽。我抿嘴一笑：年轻人真会玩，竟然在肩头放假雪花，羡煞多少无雪客，这创意，啧啧。

朋友圈的各种浪漫让人赏心悦目，那年的第一场雪多姿而持久。

我站在窗前，看窗外天色茫茫，心中感慨万端。

看着看着，风景就发生了变化，风卷着雪的伦巴舞节奏缓了下来，天地渐渐变得静谧起来，大片的雪花无声地从天空悠然飘下，像极了商场中售卖的那种玻璃球里的冰雪世界。

我"飞"出家门，站在院子里，伸出双臂仰头想把整个世界纳入心中。

六角的雪花不停地落在我的头发上、臂膀上，稍停片刻，便消融了。

原来，落在侄女肩上的那片雪是真的，到底是我的健忘，还是以前没见过？想想，觉得有点不可思议。

从前下雪，女儿堆雪人，我当搬运工、服装助理、美工助理。今年女儿不在身边，于是，就量力而行堆了个袖珍雪人。

隔着有雾气的窗户，看着院子角落里那个可爱的小雪人，我的心情是愉悦的。

周末，女儿见到小雪人的玉照，惊喜不已，给它取名"小雪鸡"。

雪停了。陕北冬季的荒凉基调因一场大雪变得层次分明、光影丰富，湛蓝天空下皑皑白雪中裸露的黄土路也充满了艺术情调。

这个冬季一切都是最美的。我拿起了相机，想去发现更多美的东西！

童 话

　　小时候，在物资相对匮乏的社会环境中，最快乐的事情之一就是得到一本童话故事书，如《安徒生童话》《格林童话》《一千零一夜》《伊索寓言》等。在那个贫瘠的年代，故事中的每一个细节都距离我们那么遥远而梦幻。徜徉在那些故事中，你的身份就在公主和天鹅等美好的形象中转换，你相信只要努力就会成功，你相信善有善报、恶有恶报，你相信王子和公主最终都会幸福地生活在一起。小时候，我对镜子是又喜欢又讨厌，只要有机会，我会不停地在镜子前臭美，但每次又被它打回现实，看着那个灰姑娘，我总幻想一觉醒来，奇迹出现。

　　小时候，最困惑我的有两个童话故事。

　　一个是丑小鸭的故事。我总想不通，一只丑小鸭，小时候受尽嘲笑，也没什么特殊的遭遇和努力，怎么就变成了白天鹅？它到底要告诉我们一个什么样的道理？比如，我也是一只丑小鸭，按故事的逻辑，我再怎么努力也变不成白天鹅，因为丑小鸭变成白天鹅毫无疑问是基因的作用。所以，我只能忽视中间的很多逻辑，相信丑小鸭一定会变成白天鹅。

　　再有一个是豌豆公主的故事。那么多床被子下面压一颗豌豆就知道她是不是真正的公主，而王子只想找一个真正的公主。我在薄薄的床褥下压一百颗豌豆也感觉不到，那就是说，我永远也不会是公主了？它又要告诉我们什么？虽说故事讲得非常温馨美丽，可我总找不到故事所传递的那些升华了的道理。

直到我有了女儿。

女儿小时候，每晚我总要给她讲一个故事哄她睡觉，每个故事都要告诉她一些做人的道理。当讲到丑小鸭和豌豆公主的故事时，我又回归到那些困惑中，经过认真地、长久地思索，终于算是想明白了一些道理。丑小鸭的故事也许是要告诉我们，小时候遭遇的那些境遇，将会是一笔心灵财富，等到有一天你变成了天鹅，就会通融豁达，不会傲慢自大，散发内外兼修的美，而这种美才会长久。豌豆公主的故事告诉我们，只要你是真正的公主，不管有多少假公主想以假乱真，你最后都会通过重重考验，被王子找到。这些故事中其实并没有太多的哲理，只是传达一种美好。

每个童话故事都有一个简单而美好的结局，可现实中的句号却饱含其他的含义。王子和公主结婚了，之后呢？现实中，生活还得继续。

可是，我依旧喜欢不成熟地沉浸在童话里，去冲刷现实的污杂。我喜欢童话中所传递的那些有关努力、善良、智慧、勇敢及梦幻的东西，我喜欢童话中所描述的那些纯净美丽的梦境。童话延伸的一切美丽我都会不由自主地喜欢。

我曾祝福女儿：希望你拥有一个童话般的人生。我倾尽所有的爱送给她这句祝福。

每个女孩都有一个有关童话的梦想，而我，愿意做那个一生都怀揣童话的女孩。

黑与白

在我年少时，我家住在一个中学的家属区，那是一整排上下两层式的窑洞，上层称为薄壳。每一家占用一间，家家户户都在屋子里放着一个大水缸，水缸里的水是从百米开外的水房里挑来的，日常生活用水都是从这个水缸里取。

20世纪80年代，缺水，是陕北生活中一个较大的现实问题。

一个冬日午后，在我家窗口正对着的院子里，几位女教师在聊着家常。在我的印象里，这是几个生活考究的人，她们的话题是：从洁净角度讲，你更喜欢白衣服还是黑衣服？

当时，我的脑海里一闪而过的是：我肯定喜欢黑衣服，白衣服被从黄土高坡上吹来的沙土惦记，天天洗，哪有那么多水？还要洗得很白，多费力啊，想想都头痛。黑衣服，肥皂水过一遍就好了。

大部分女教师和我观点一致：白衣服不好对付，洗起来麻烦，洗几次就没那么白了，不如黑衣服耐穿。

少部分持另一种观点，只是道理讲得不明所以，以至争论差点变成争吵。最后，一位女教师说，她喜欢白衣服，因为可以清清楚楚地看到洗衣服的效果，即使哪里洗得不够白，心里也清楚它是干净的；而洗黑衣服，永远马马虎虎。

几位争得火热的女人在听完这段话以后沉默了一小会儿。

黑与白，不像一和二那么简单明了，这是生活很早便给我的一段启迪。

小时候，一放寒暑假我就回外婆家。我的姨姨在那个县城的新华书店工作，有时候，我会在书店里帮忙看店，那个柜台里能看的连环画全部被我翻完了，我沉浸在一个简单明了的黑白世界里，心中永远都有一种好人好报、坏人恶报的快意情结。

过了几年，我在一个已记不清地点的露天影院看了一部已记不清名字的战争片，坏人得胜的结局所带来的心理坍塌让我至今深深铭记。

又过了几年，父亲在暑期时给住在镇子上的奶奶家带回一盒电视连续剧录像带，那是一个人物性格丰满的神话故事，玄幻离奇。那种讲述方式让我着魔，那段时间，奶奶家的电视就放在院子里，电视上架着天线，来一拨人放一遍，而我，每次都跟着看，每看一遍，心情波动的曲线都不一样。

在这些猝不及防的冲突中，黑白的讲述在我的世界越来越显得单薄单调。

在遥远的小时候，总有一些与众不同的色彩斑斓过我的心境。

院子里学习好的孩子每参观一次延安革命纪念馆就可以写一篇佳作，这一行为成为院子里其他孩子的"噩梦"；那一对大学生夫妻的时尚家庭从来不屑于擀饺子皮，他们总是把和好的面擀开后，用手电筒的后壳压出许多一模一样的圆，让周围的小孩子羡慕不已；还有一对相敬如宾的老夫妇，老爷爷在老奶奶去世半年后就重新成了家，一改往日的沉稳，哼着小曲的嘚瑟劲儿让人恨不得在背后踹他两脚……

几十年后，回想往事，你会隐隐记起当年对那些人和事的黑白预判大都离题万里，当年的黑不一定黑，白也不一定白；当年的黑若干年后也许变成了白，而白也许被赋予了或纯洁、或苍白的含义。一切都不是一成不变的，最后永恒的是黑白色调后面所深含的人性。

去年，和几位"70后"亲友聚餐，有几个兴趣特长突出、生活有情调的人让大家很欣赏，比如钓鱼钓得好的、乒乓球打得好的、书法写得好的等。

聊着聊着就发现这几个人有个共性，那就是这些兴趣的产生，大部分都是小时候"不学无术"造成的，那些被年代忽略的、黑白世界里遗漏的色彩。

长辈们总喜欢说什么是对的、什么是错的，怕小孩子们误入歧途。

乖乖全听大人话的，最后大部分变成了乖大人；纯粹对着干的，最后大部分变成了生活不如意的大人；听一半撂一半的，最后很多变成了大人们曾希望变成的大人。

这是一种黑白观点诞生出的黑白结果。

黑与白，从来不缺话题性。到底是至简，还是深渊？到底是偏执，还是理想？我们在成长，世界在变化。那些生活的热情，那些生活的善意，那些生活的感性，还望妥善保存，珍重对待！

幽默源于生活

一

（高考前）

女儿："老妈，我真的喝不下去！"

母亲："我打听过了，去年的高考状元就喜欢每早喝咖啡，再坚持一下！"

女儿："……"

二

丈夫："女儿明年要出国，今天在新东方报了个学习班，想提高提高。"

妻子："为什么报个烹饪学校？"

丈夫："……"

三

某人在微信朋友圈提问："梦见被狗咬了一口，什么预兆？"

好友留言："梦是反的，你会反咬狗一口！"

四

在我们这里，出租车是不太好打的，有运气顺顺利利拼个座就很知足了。某天去街上，当我拎着一大包东西过马路时，一辆空空的出租车停在面前，我当时那个舒坦，觉得太顺利了，想都没想赶紧上车，像占了多大便宜！车开了一会儿，突然想起，今天我是自己开车出来的，车就停在上车那条马路的对面。

五

话说我姐有天晚上乘火车从西安返延安，软卧里有一男子咋咋呼呼打电话，吵得她无法休息。我姐刚迷糊一下，觉得火车停了，一睁眼，本能惊呼："糟糕，到延安了？"话音刚落，只见上铺的那名男子从床上跳下，趿着皮鞋、搂着行李挤过我姐冲了出去。在我姐还没反应过来时，火车开了，我姐看见了站台上呆立的那名男子，随后，又看到三个字：甘泉站。

六

某晚梦见和亲朋好友在海边，恰好和金庸先生住在一个酒店。我说我想问金大侠三个问题，于是亲友们陪我一块儿去找金庸先生，金庸先生非常谦和亲切，欣然应允，我还想着问完问题一定要合张影。可惜那个房子光线不好，也没有纸和笔，于是金大侠和我的亲友们一晚上找呀找、找呀找，然后天就亮了，我就醒了。

睁眼后，只清晰地记得第二个问题是："情深不寿"到底是什么意思？它的下一句是什么？

太遗憾了，距离真相只有一步之遥。

小说篇

滢 槿

滢槿站在镜子前，仔细地涂抹着唇，瘦瘪的手指微微抖动，额头的汗珠一点点渗出。她冲到床前，从零乱的床底拉出一个盒子，翻出针管，狠狠刺进青紫的左臂。滢槿瘫坐在地上，重重地喘着气，眼泪顺着脸颊滚落。一切重归于静。滢槿重新整理衣衫，离开了屋子。

滢槿站在环山桥上，朱红的长裙在风中摇曳。环顾四周，山是那样青翠，桥下溪流清澈见底。滢槿贪婪地吸着清凉的空气，心想，自己有多久没有这样了？

偶尔有车经过，车主大多投来异样的目光，其中一位中年男子本想搭讪，看到转过身的滢槿，眼神已有一丝失望，再看到滢槿决绝的表情，就义无反顾地踩下油门，一溜烟儿地开走了。

滢槿拿出手机，看看时间，已经三点十分了，她和菜头说好三点在这里见面。她犹豫了一下，又一次拨过去，对方已经关机。滢槿想，菜头一定是不愿意见她。那刚刚填充心间的对生活的一丝希望和热情突然就没了，滢槿静静地伫立，记忆如溪水般潺潺涌上心头。

回忆（一）

小时候的滢槿生得极美，她的父亲是包工头，视她为掌上明珠，她的母亲美丽、善良。没有人的童年比滢槿的童年更快乐和幸福，无尽的物质，天使般的容貌，无与伦比的宠爱。她的父母一个如水，一个似火，唯一的共同点就是满足滢槿所有的物质需求，所以她的童年非常美好。

除了学业平平，滢槿似乎满身都是优点。等到快小学毕业，父母开始有一点担心，因为每天放学后，家门口总有一些男孩子向家里张望，不时有口哨声、嬉笑声传来。父亲一改往日的宽容，表情逐渐严肃起来，可看到漂亮女儿含笑的眉眼，也就罢了。

不妙的是，滢槿的父亲在她刚上初中那年入狱，诈骗罪，判了六年。

在厚重的父爱坍塌的那一年，滢槿收获了数也数不清的友情。十四岁的她长相已堪称惊艳，被称为联阳区一枝花，小马仔整天围着，有着呼风唤雨的本事。她的一颦一笑、一喜一怒，都会引发一场骚动。在那个年代，她收获了无数快乐。十六岁，她决定创业，不再上学。在众多小马仔的帮助下，她开了一家工艺品店，她的心灵手巧派上了用场，生意奇好。那些认识她的，听说过她的，诅咒过她的，渐渐接受她是一朵奇葩，会有不同凡响的命运。

那年夏天，她穿着白色的西式上衣，白色牛仔背带裤，一脸骄傲地从小巷穿过，像极了影星林青霞。对面远远走来一名年轻男子，蓝色牛仔裤，米色T恤，高高的个子，一看就不是本地人。滢槿想，是影星秦汉吧？两个人相向而过时对视了一眼，滢槿的心突然就不可抑制地狂跳，稀有的兴奋瞬间包裹了她。

情况很快明了，那个人叫康良，二十二岁，卫生局大院老康的儿子，从广东当兵回来。怪不得，原来是从南方回来的。

康良含情脉脉地盯着滢槿，用富有磁性的声音说："滢滢，我第一眼见到你，就被你征服了，你是我的唯一。"这话真是动听，滢槿彻底晕了。她一头扎进爱河，再也出不来。

滢槿的热恋带来了诸多问题，小马仔们突然翻脸，恶语相加，挑衅滋事，影响生意也就罢了，最令人头痛的是，康良三天两头被人扔黑砖。康良体格健壮，当兵时又练过一些功夫，正面较量对方显然很难占上风，所以在暗地被蒙面群殴的状况不时出现。有次滢槿急了，一把刀落下去，胳膊的血溅出，喊道："谁再找事，我就死给你们看！"从此才得以清静。

滢槿热恋面临的另一个重大问题是，她爹从监狱出来了，坐牢坐坏了脑子，不让滢槿谈恋爱。滢槿的母亲吃斋念佛，早就不管事了。所以滢槿对父亲强烈的思念之情突然演变为一种愤怒："这么多年你管过我吗？你有资格管我吗？"父女几近情绝。

因不够法定结婚年龄，滢槿和康良托各方关系修改了滢槿的年龄，在热恋三个月后踏入婚姻殿堂。

俊男靓女的恋情令多少旁人艳羡。滢槿回头看自己的江湖生活，才明白被追捧的日子太过单调，她心底的母性被彻底挖掘。康良当时已有一份正当职业，他们又将手工艺品店扩大门面继续经营。康良很能干，二人过上了真正的王子公主般的生活。

五年后，滢槿在康良的床上发现了另一名女子。曾经呼风唤雨的滢槿突然就手足无措了。康良痛哭流涕，滢槿选择了相信，但她开始不自信，开始疑神疑鬼。事实证明，她的怀疑是对的。有一次，滢槿愤怒到极点，准备一巴掌掴向康良，还没来得及动手，自己已经挨了康良的巴掌，脸上火辣辣地疼。

滢槿那沉默寡言、性情古怪的父亲看到女儿脸上的伤痕，提着棍上门和康良拼命，但一切枉然。

再三年，两个人的婚姻结束，儿子判给了康良。因为康良说，一个打小混社会，初中毕业，没有稳定收入的人如何能带好孩子？

回忆（二）

康良不让滢槿见孩子，滢槿痛恨和康良生活在一个城市，于是搬到另一个不算远的城市，一切重新开始。日子寂寞又艰难，虽说总有老少不等的男子因滢槿的美貌大献殷勤，可滢槿那伤痕累累的心再也没有波澜。两年后，混成小老板的黑子找到滢槿。当年的小马仔虽说依旧粗陋，可有了财富的装扮，也算有些势头。黑子诉说着多年的痴情，诅咒着康良，告诉滢槿，当他听说滢槿离婚的消息后，立马也离了婚赶来。

黑子给滢槿举办了一个隆重的婚礼，土洋结合，吸引了众多眼球。滢槿的父亲没有来。

没多久，滢槿的父亲病了，滢槿和黑子去看望，滢槿的父亲不愿见黑子。屋里，父亲拉着女儿的手泣不成声。滢槿说："爸，我会好起来。"一年后，父亲过世，滢槿哭得晕倒在地。

从此，那位长相清丽的女子再也不见了，取而代之的，是一位冷艳的妇人，抽着烟，打着麻将，过着黑白颠倒的生活。滢槿和黑子没有孩子，所以过了两年，黑子就把与前妻生的儿子接到身边；再没两年，为了照顾儿子，又把前妻也接到身边。黑子说："滢滢，我不管有多少女人，你永远是我最重要的那个。"滢槿笑笑，不置可否。黑子没有说假话，几年后，黑子的女人越来越多，可黑子对滢槿却从不吝啬，满足她所有的物质需求。

很多年了，滢槿从未见过儿子一面，已然忘了他的模样。康良，滢槿倾其所有的男人，原是如此薄情，可滢槿终究恨不起来，只因那场梦太美。

又一年，滢槿多年未见的小姐妹冉冉从南方回来，一身的时尚打扮。滢槿茫然，那是怎样神奇的地方，可以把这个当年可怜兮兮的小丫头改造得如此玲珑，更可以造就出康良那样一个无法抵制的尤物。

再想想，自己也不过三十出头。

滢槿向黑子提出离婚时，黑子骂道："神经病，你以为你真是个宝！"

回忆（三）

南方并不是遍地黄金，生活远没有想象中的多姿多彩。滢槿去了没多久就意识到，当年康良和黑子对自己的狠狠咒骂是多么精准。她没有了回头路，又不知该如何往前走。在短暂而自命清高的拒绝后，滢槿听从了冉冉的建议，趁还有姿色，到歌厅陪酒赚钱，等攒够了钱，回老家干大事，气死康良，夺回儿子。

醉生梦死的生活让她的良知再也无法被触动。那白色的粉末吸入灵魂深处，便只剩下短暂的快乐。

母亲去世了，她也没回去。

万恶的深渊。

不人不鬼的生活。

回到现在

那天，滢槿在餐馆喝冷饮，一名男子从橱窗前经过又折回，盯着滢槿，滢槿冷冷地回看。男子跑进餐厅，坐在滢槿对面，轻轻叫道："滢槿。"滢槿惊诧。男子说："是我啊，连泯。哦，不对，不对，是菜头。"

关于菜头的记忆顿时开闸而出。

那可怜的小菜头，因为说喜欢滢槿，被小马仔们围在中间推来推去，吓得大哭，最后小马仔们看着滢槿生气的面孔才作罢。小菜头学习很好，也很乖。每年滢槿过生日，小菜头都会偷偷送礼物给滢槿。初三那年暑假，滢槿发现小菜头好几天都躲在她家门外，于是把他叫了进去。小菜头低着头，红着脸送给滢槿一个洋娃娃，然后说："我爸爸妈妈去外地工作，我要离开这里了，你以后一定要好好学习，天天向上。"然后开始哭。当小菜头跑着离开时，滢槿有一丝的失落。

小菜头长大了，依稀可辨当年的容貌。

滢槿的泪水夺眶而出。

菜头端详着滢槿，轻轻问道："过得不好吗？"滢槿沉默，泪水不禁喷涌。菜头拿出手机看看时间，充满歉意地说："对不起，我有个紧急的会议，我们下午三点在环山桥见，好吗？"滢槿点点头。菜头向服务员要了一张纸，抄下一个号码给滢槿，说："这是我的手机号，三点钟，一定！"然后匆匆离去。

毁灭

滢槿静静地伫立在桥头，激情——希望——平静，滢槿明白了，菜头是不会赴约的，没有人愿意认识不人不鬼的她，再不会有人赴约。滢槿想起十多年未曾见面的儿子，多年来自己唯一的希望就是见儿子一面，可就算见了，那又怎样？自己能带给儿子的，只有伤害。

没有什么可留恋的了。

滢槿从桥头纵身而下，那一刻，她看到了当年单纯可爱的自己……

后续

三点十分，菜头从会议室出来，和韩国方面的负责人简单地道别后，冲向办公室。

真是糟！手机在办公桌上静静地躺着，已自动关机。菜头急急地换了电池，重新启动，有六个陌生来电，一定是滢槿。菜头打过去，不在服务区。"环山桥信号不好，也许滢槿还在那里等。"菜头心里想着，冲下楼打了出租车奔向环山桥。

桥上没有人，菜头站在桥头，看着环山桥的四周，多么惬意的环境。他第一次经过这里，就发现这里和家乡的风景极像，有一种说不出的亲切。菜头不停地拨打那个陌生电话，还是不在服务区。他焦急地四处张望："她曾来过吗？她是来了等不及又走了吗？那些未接来电是她的吗？"菜头沮丧地埋怨着自己："怎么会迟呢？她一定是来过了！"

晚上八点，天渐渐黑了，菜头确信滢槿不会来了，落寞离开。

那个陌生的电话再没有开机。

三天后，菜头在晚报第三版上方看到滢槿的照片，标题写着：环山桥外来女子吸毒过量坠桥身亡。

菜头趴在桌上，肩膀剧烈地抖动，呜呜声从胳膊缝里传出，穿过记忆，他看到了那个钻在被窝哭了一宿的小男孩。

迷茫岁月

方林昨夜来了电话，一阵难堪的沉默之后，方林说："我星期日结婚，你能来吗？"我心头一紧，不知怎么开口，真的这样巧，连婚期都一样。我刚准备告诉方林我也是这一天，就听见电话那头的嘟嘟声。

家人在为我忙碌着。母亲每唠叨一件事，目光中都有一种不舍。阿辉打来电话，体贴入微。

我浅笑着，思绪飘游，方林的形象在我的脑海里一点点清晰起来，让人不知所措。

认识方林有十五年了，怎么想都是冥冥之中命运的安排。那年，我读初二，班上来了一个插班生，就坐在我的身边，清秀、腼腆，称我团支书，那个插班生就是方林。我发现方林虽不像班里的风云男生那样玩世不恭，爱搞恶作剧，但依旧与他们称兄道弟。他喜欢讲故事，喜欢问我许多事，我像对待所有朋友一样忠实地为他守住每一个秘密。中考时，我不巧大病一场，错过了省重点高中，家境又不好，只能勉强进入一所三流的学校，方林则顺利考入那所我梦想的高中。我忧伤地告别了多姿多彩的初中生活，一切变得暗淡无光，除了抱着书本发呆，我迷茫无助。这时，方林来了，没有安慰，没有客套，一切都没有变。走时，他郑重其事地说："我会每个星期给你写信，永远像同桌那样。"

方林做到了，每个星期六，我会如期收到信件或者看到他的身影，我的心也随之渐渐安定。方林什么都和我聊，学校、老师、同学，他的父母、家庭以及他喜欢上了哪个女孩，怎样开心又怎样失意……我静静地倾听，随着他喜，随着他忧，那是一段安宁而又快乐的日子，功课是那样繁忙，心却很充实。三年的时光被那么多个星期六分割，快得如流水，慢得可以品味整个青春。转瞬就是高三的圣诞节了，我如期收到贺卡，牵手的封面下赫然一枝红色玫瑰，什么字都没有写，卡从我的手里滑落。又一个周末，方林来了，焦躁不安，我第一次发现他已经长得那么高大了，突然间变得熟悉而又陌生。我如往常对他，方林怪异地笑了，说了一些无聊的话题后离去。那晚，我的心空落落的，一宿未睡。方林还是如期来信，好像什么都没有变。高考，我全校第一，进入一所重点大学。方林去了同一座城市的另一所学校。

　　方林把我在学校安顿好后就走了。再见时，已是半年后，他变得更加帅气了，只是不再健谈，干什么都漫不经心。此后，他经常来。我一次次倾听着他的艳史，终于忍无可忍，大发脾气骂他不务正业，无药可救。他走了，很久没有再来。我一次次去看他，他总不见我，身在同一座城市，竟得不到他的半点消息。毕业舞会上，在询问他的同舍好友后，我终于在一棵梧桐树下看到了方林，当时他满身的酒气。一些简单的问候后，他突然抓着我的手放在胸前低语："为你跳的。"然后又笑了："逗你玩的。"而后，他又"失踪"了。

　　我毕业了，找到了不错的工作，我一次次等着那个熟悉的身影，无视身边过往的人群。

　　很久以后，方林又出现在了我眼前，阳光得让人眩晕，只是身边多了一个女孩，那样美丽、纯真，我对她有一种莫名的亲切感，想恨都恨不起来。我看着他们，恍然觉得自己老了。方林带女孩走后，又独自返回，问我："你没什么可说的吗？"我突然恨方林，从来没那么恨过，我告诉他:"你终于找到幸福了,真为你高兴。"那一刻,我的心支离破碎。

阿辉出场了。

我找不到拒绝他的理由。

父母第一次见到阿辉就认定,阿辉是他们心目中理想的女婿。

一个简单的故事就这么简单,无须多讲。

许多年后,我的女儿把自己关在屋内,为一场无缘由的爱恋。

阿辉看着我,又看看女儿紧锁的屋子,用手摸着我的头说:"别着急,她会找到幸福的。"

或许,我应该找机会告诉女儿一个故事,一个关于青春的故事。

缘 分

第一章 杏 儿

杏儿跟在奶奶身后，在集市上流连，小肚子撑得鼓鼓的，花裙子随风摇摆。空中飞过一只蝴蝶，杏儿心里飘飘然，踮着脚转动裙子，不时撞到集市里的行人。听到奶奶叫"杏儿"，她赶紧跑过去抓住奶奶的手，一蹦一跳地往家走去。

那一年，杏儿六岁。

奶奶坐在灯下缝衣服，看着杏儿写得歪歪扭扭的字，笑着说："我家杏儿长本事了。"杏儿立即黏在奶奶的身上，奶奶就开始讲老一辈的故事，讲罢，嘴里自言自语："奶奶以后没了，杏儿也长大了。"杏儿听了，不是特别懂，眼泪却止不住哗哗地流。奶奶赶紧摸着杏儿的头，不停地说："奶奶瞎说，奶奶瞎说，奶奶永远不会没的。"

那一年，杏儿九岁。

杏儿像平常一样放学回家，脚步轻快欢跃，可家中乱糟糟的一切吓傻了杏儿，奶奶没有说一句叮咛的话就去了另一个世界。杏儿用流不完的眼泪去思念奶奶。

那一年，杏儿十二岁。

接下来的时间是漫长的。

奶奶离去后,杏儿才突然意识到自己的长相并不招人喜欢,也不够聪明。那些被人们遗忘的日子里,杏儿遇到任何困难就会向奶奶祈祷,一次次渡过难关。

杏儿开始一天天长大,逐渐蜕变成一只漂亮的蝴蝶,就像奶奶小时候经常念叨的那样——杏儿将来一定会出落成一个很有出息的俊女子。杏儿一直相信奶奶在另一个世界里守护着自己。

日子总算安定下来,杏儿说:"奶奶,您不用再替我操心,可以缓口气了。"

多年以后,杏儿的儿子要做手术,风险很大,杏儿的心都快碎了,她想到了奶奶,于是拼命地祈祷。儿子手术成功了。晚上,杏儿守在儿子身边,脑海中全是奶奶那张亲切的脸,她独自念叨:"奶奶,您还好吗?您一直在守护着您的杏儿,对吗?谢谢您,奶奶!"

第二章 奶 奶

年轻时候的奶奶,精干、善良、聪慧,嫁得也不错,只是子嗣运不旺,每个孩子不到三岁就夭折,终于在二十八岁那年保住一个男孩。在那个无后为大的年代里,丈夫并不嫌弃她,家中温饱有余。奶奶自认为上世欠了冤债,这一世难得圆满,便多行善事,愿保今世平安,在乡邻之间口碑甚佳。奶奶的独子是乡里第一个考上县高中的,后来又在县城谋了公职,还找到一个不错的女朋友。可就在双方父母见面的那一天,儿子出了车祸,奶奶的丈夫一时想不开寻了短见。那一年,奶奶五十岁。

当奶奶遇到丢在马路上的弃婴时,心都在颤抖,她想那一定是上天给她的恩赐,那是她活下去的理由。

杏儿沐浴在奶奶温暖的爱中,成了这个世界上最幸福的孩子,拥有快乐的童年。虽然在外人眼里，她的生活是那么微不足道。

奶奶有时在想，等杏儿长大，她也老了，她能等到杏儿长大吗？杏儿这孩子，不能听一句不祥的话，那断了线的泪珠子真让人心疼。

那天，杏儿上学去了，奶奶正在收拾院子，突然眼前一片昏黑。意识模糊中，奶奶愤懑老天无情。

第三章 阴 阳

奶奶被两个青面獠牙的怪物拖着前行，她努力睁开眼睛，黑漆漆的殿堂似曾相识。奶奶着急地喊："杏儿！"结果抬头看到殿堂两旁站着似人似兽的怪物，露出千奇百怪的表情，奶奶知道自己到了地府。两个怪物终于停下，奶奶被扔在地上。台案后坐着面部黑黢黢的阎王，奶奶并无惧色，问道："阎王，前世我到底做了什么错事？你为何先取我儿性命，后取我夫性命，在我杏儿年幼时又取我性命，你到底是惩罚我，还是惩罚我的家人？"阎王面无表情，沉默片刻，说道："念你此世多行善事，一会儿要去孟婆那儿，多告诉你些也无妨。前世，你让本该投胎转世的女子未能降世，所以今世让你不得子嗣。当然，念在那是你前世夫家所逼，就让你今世还能享受一段天伦之乐。你的儿子、丈夫都已投胎，你不必埋怨。至于杏儿，倒无什么不妥，只是你的大限已到，只能如此了。"说完，阎王就去翻阅轮回簿。奶奶又问："你让我去哪里？"阎王说道："你三世都是好人，犯的那些罪孽也已受到惩罚，论你的品性，下世会让你继续做人，自会安排个好去处。"奶奶听罢，哭道："阎王，都说你处事公道，杏儿没有冤孽你也知道，不如你让我做杏儿的守护者吧，等杏儿大了你再做安排。"阎王抬头问道："你要做杏儿的守护者？"奶奶坚定地点点头。阎王说："你可要想好，做了守护者，三世不得轮回，要在这阴曹地府受尽劳苦，只有你守护的人对你念念不忘才能有转机。当然，如果她是个大好人，也许可以为你赎罪，一世的惩罚也就够了。可如果她恶事不断，你会受到牵连，永世不得超生。这可不是你能左右的。"奶奶没有犹豫，再次坚定地点点头。阎王轻叹一口气，对那两个青面獠牙的怪物说："拉她下去吧！"

当奶奶看到杏儿带男友来看自己时，冰凉的泪水打湿衣衫。奶奶一眼洞穿那名男子，知道再也不用为杏儿担心了。

第四章 结 局

奶奶再一次被拉到阎王殿前时，杏儿已经七十岁了。阎王看了奶奶一眼，说："你的孙女倒争气，看来你这些年过得不错。"奶奶一再叩谢。阎王说："按规定你也该转世了，还有何话？"奶奶说："我想知道我的儿子、我的丈夫投胎到哪里了，那一世，我们有许多情分未了，能否别让我喝孟婆汤，我想去见见他们。"阎王怒目圆睁："这里的规矩岂由你随便更改？"奶奶再不作声。阎王叹口气说："下一世你不用再受折磨了，安心地去吧！"奶奶叩谢。

阎王看着奶奶的背影，嘴角露出一丝笑意。

第五章 相 遇

大千世界，芸芸众生。有一些人，虽是初次相见，却有说不出的亲切感；有些缘分，遇上，就是一生的幸运。

珍惜我们所拥有的就是尊重自己的生命，也许，为了这份缘，我们已修了几世的德，受了几世的罪；也许，今世的相遇是我们前世未了的缘分，商量好的约定。历尽艰辛，只为相遇。相遇，又岂能相失！

谁比谁幸福

三毛说过："爱情如果不落到穿衣、吃饭、睡觉、数钱这些实实在在的生活中去，是不会长久的。"

他握着她的手，完全不理会周围的人。她有些害羞，动作看起来有些生硬，但对方手中的电流很快穿透她的心脏，抚慰了那颗快要破碎的心。米影远远地望着，泪水模糊了双眼，突然被他对她的爱震撼。

他们是米影数十年的邻居。米影记得他们的婚礼是在父亲单位的会议室举办的，那晚，为了共同咬到那个悬在屋梁上的苹果，她的脸也像红苹果般红。米影和一群孩子在会议室蹿来蹿去，最终被轰了出去。

在米影的记忆里，他们就是那个年代最普通的夫妻。他总在外面忙，她总在家里照顾着家人的生活。他们在一起时，她絮叨一些，他几乎默不作声。米影常常看见她为刚刚进门的他收好鞋，挂起衣服，低眉顺眼。他只要有一句责备的话语，她就默然。很显然，她以他为荣。米影小小的心里隐隐觉得她远远配不上他。可是他一直如此平静，他们看起来似乎很适应。

原来，他大学时处了一个对象，南方佳丽，毕业时他要回到他的家乡，而对方家人舍不得女儿跟随他到那个偏远的北方小城，最后南方佳丽留在了南方，并很快嫁人。而她是他的高中校友，比他低两届。贤惠是她身上唯一的优点，有人说媒，他就应了。

院子里女人多，东家长西家短中，她的身上有了一点浪漫思绪，在他面前会流露出淡淡的矫情，而他则用深沉一次次冰冻那待放的花蕾。如果把牵手、拥抱、花前月下想象在他们身上，似乎不可思议。

十多年后，米影破天荒地听到了他们的争吵。那个深夜，激烈的争吵声穿透薄薄的墙，米影惊讶于他们的变化。

他们的地位从那次争吵后似乎渐渐平等。米影不知道发生了什么，但感慨生活的转折不过如此。

之后，米影外出求学，就业，成家。几十年，虽说经过几次搬迁，米影与他们早已不在一个院子，可一直还有关于他们的消息传入耳中。

她在耳顺之年突然病了。米影按照母亲的吩咐去医院看望。她躺在病床上，再也没有了从前的乐观，不再硬朗的身体向米影诉说着命运的无常。他背过人群在医院的走廊流泪，然后擦干眼泪微笑着牵着她的手，细声细语地向她倾诉，陪她散步。护士们羡慕她的福气，她成了一位优雅的老太太。这时的温馨似乎凝聚了一生的浪漫，那些曾经的枝枝蔓蔓，有谁还会纠结。

那一刻，米影似乎明白，幸福的模式千千万万，不经历一生，谁也不敢说谁比谁幸福！

蝌蚪公主

第一节 蝌蚪公主自语

　　我是一只神奇的蝌蚪，我拥有九个身体，它们从来都是形影不离，同喜共悲，不论你先看到哪一个，都会认定它是九个身体之首。我会变，会变成一个可爱的小女孩。至于什么时候变，我也不知道，有时一天变几次，有时几个星期变一次。所以妈妈说，看管我是一件辛苦的事情。我经常和妈妈捉迷藏，看着妈妈着急的样子，我会突然变出来，吓她一跳，真是太好玩了！听妈妈说，我十二岁时就会完全变成人形，不再变回蝌蚪，就像青蛙王子的故事，这可是真的哟！

　　那天，我又淘气了，妈妈严厉地训斥我，我一生气就变回了蝌蚪。妈妈刚一转身，我就跳进门口的小溪，快乐地向村外游去。游啊，游啊，我累了，想妈妈了，可我怎么也变不成小女孩。我只能顺着水，几天几夜在水里漂着，最后看到了一望无际的蔚蓝大海。海边有许多人，我被水推着向前冲，感到眩晕。就在我快要窒息时，一个老奶奶从水中捞起了我，我歪着头冲老奶奶笑，嗲声嗲气地说："我饿！"看到老奶奶惊讶到变形的脸，我笑出了声。这时，我看见了妈妈。妈妈从老奶奶手中接过我，捧着，脸十分憔悴，哗哗地流着泪。我有型的靓妈哟，你怎么这么不注意形象呢？

第二节　靓妈自语

　　我是一个普通的靓女，但我的人生注定是神奇的，因为我的宝宝会在人和蝌蚪之间转换。我还怀着宝宝的时候，有一天睡梦中，一位白胡子老者对我说：你的宝宝是九个蝌蚪之身，会在两者之间变换，等到十二岁时，就会完全恢复人形。呵呵，好玩的梦！

　　小美女两个月时，有天在摇篮里玩，一眨眼的工夫就不见了，这可是在家里。我呆立半秒，立刻开始无序地、翻箱倒柜地找起来。当我看到摇篮里有九个身体的蝌蚪冲我笑时，我怀疑自己的精神是否正常——天哪，梦是真的！我的蝌蚪公主，当她是蝌蚪之身时，竟能在地上行动自如；当她变成小姑娘时，双手会缠在我脖子上让我讲故事，问我为什么爸爸妈妈不是蝌蚪，而她是蝌蚪公主？这个时候，我通常会暂时忘记她是蝌蚪公主这个事实。自从有了这个蝌蚪公主，我的生活中就有捉不完的迷藏，天知道那位仙人所说的十二岁完全恢复人形是否是真的。

　　蝌蚪公主长大了，淘气得不得了。那天，我很生气，下决心要好好管教管教小丫头片子。我训斥着，唠叨着。后来，我就找不到她了，我想她一定是跳进家门口的小溪中玩去了。我说过多少次，那条小溪对蝌蚪来说，危险多过快乐。我顺着溪水追，几天几夜。我看到了大海，我看到了危险，我看见我的蝌蚪公主被溪水冲向大海，我要失去我的小公主了。我大喊着，希望蝌蚪公主拥有更神奇的力量。在我快要绝望时，一位老奶奶捞起了她。我好像被施了魔法，转眼到了她们跟前，看到小蝌蚪咧开嘴冲着老奶奶笑，嗲声嗲气地说："我饿！"这个没心没肺的小家伙！

心 劫

如果一个不知出处的俚语隐含着不吉,如果有人因为担心你而迷信这句俚语,那么一定要相信,This is true love!

第一节

天亮了,思汐摁灭烟,动作狠狠地。镜子里的她眼睛微红,脸色灰白。思汐拉开窗帘,看到了白净的世界,不由得愣了一下,心中被挠得不知滋味。

一只"红尾猫"出现在雪地上,思汐看着自己的装扮,心想,还算对得起这场雪,留恋了一会儿,打出租直接去了医院。章为看见思汐愣了一下,思汐解释今天不用去公司,章为愉快地笑了。思汐熟练地整理着章为的病房,章为看着这只"红尾猫",童趣大发,怂恿着她溜出去玩雪。思汐说我有事要和你说,章为觉得思汐怪怪的。思汐犹豫了一会儿,说签证下来了,机票定在明天。章为的心被狠狠地刺痛,掩饰不住自己的落寞,问道:"我下星期就出院,能不能等我出院了你再走?到时叫几个朋友好好送送你。"思汐解释了原因,章为遗憾不能去机场相送。

思汐的泪从万米的高空落下。

第二节

思汐五岁时第一次见章为。

章为的爸爸妈妈带他去孤儿院看那些可怜的孩子。之前，妈妈讲了一些让章为并不是特别明白的话，章为小男子汉气概大发，把自己的玩具、衣服挑出来一些给孤儿院送去。

思汐一直记得那个小王子。

后来，章为知道自己的妈妈在孤儿院长大。章妈妈偶尔会在周末带思汐回家，她说思汐像小时候的她。

思汐经历了很多不为人知的苦，慢慢长大，上名牌大学，在外企上班。

章为上大学，找工作，一切都很顺利，过着自己的阳光人生。

章为成为每晚陪思汐入梦的毛毛熊。思汐是章为的什么？不知道。

第三节

出国后，思汐发给章为的邮件不多，章为有时会闪念：这女子怎么这么无情。章为婚礼时，思汐回来，下飞机看见章为一家人，眼泪哗哗往下流。晚上，章太太提起思汐起了醋意，章为就笑她傻，怎么可能？

思汐办了绿卡，什么都好。章为结婚不久又离了。思汐说在国外没那么多束缚，她的生活好得很。

第四节

三年后，章为与太太分道扬镳。

七年后的一个冬季，章为得了一种病，他告诉国外的思汐，要把父母托付给她。思汐觉得章为太无情，这么天崩地裂的事情被他说得轻描淡写。思汐回来了，像是要偿还章为曾经的重重情债。

思汐似乎情意绵绵，让章为又熟悉又陌生，章为一点点拾起记忆，那炽热的感情一触即发，他一次次在心里悲叹：世事弄人。

思汐要章为给她一个妻子的名分，章为不忍，自己也许不久于人世，怎能这么自私？

病房里，章为看着那只美丽的"红尾猫"又守在自己身边。思汐脉脉地看着章为，说："我有事要和你说。"章为听到这似曾相识的话，感到揪心的痛。

思汐说："以前登太乙山，遇到个算命先生，他说我命中克夫，如嫁，夫君不测。对不起，以前我不能嫁你，可是现在，我什么都不怕了。"

病房外下了一夜的雪。

第五节

我喜欢这样的结尾：章为和思汐渡过了难关，上帝将用幸福来补偿他们的后半生。

倾城恋

他和她对峙着。他的目光带着一种绝望,她的目光带着一种决裂,都在微微地颤抖。

起因好像和一杯牛奶有关,是他关心她的一杯牛奶。她固执地挑衅着他的承受力,当然也是无意识的。他终于爆发,以微暴力收场。两个人都没有亲近的人,只能各进一个房间,她哭泣,他郁闷,各自无眠。

她不能忍受的是有时候她不知道他心里想什么,那种感觉会让她怀疑他们的感情。

她,一个单亲家庭的乖巧孩子,母亲是一名小学教师,对她严厉,唠叨。等她长大了,刚开始享受自己的自由时,母亲发现了他——介绍人把好话说尽的高收入精品男。母亲对她进行了毫无诚意的意见征求之后,就做主将她嫁了。

他不能忍受的是她情感的无序,沸点到冰点从来都是一眨眼的工夫,他经常不能很好地判断她的行为,所以心里空落落的。

他,一个打小就身患疾病被家里瞒着的人,其实他什么都知道。他知道自己可能会好,也可能不会好,反正是几百万分之一的发病概率,遇上就是致命的,遇不上就一切OK。他有一个精明的母亲,看上她的才情,再加上她那个势利而糊涂的母亲的决定,于是他就娶了她。

就这样马马虎虎组成了家庭。他们都不想要孩子，当知道彼此的心意时，他们如释重负，第一次产生了心灵共鸣。

尔后是漫长的生活消磨。

她的母亲还是对一切抱怨，最后在对她事无巨细的管理中病重离世。他的母亲一心想抱个孙子，来寻求一点点精神上的安全感，最后也抱憾而去。

前后不过十来年的光景。他们第二次产生共鸣：命中相克。

那晚的牛奶事件后，虽说谁都没有提离婚的事情，但各自收拾起了行李，似乎这一刻在双亲离开后就早该发生一样。最后，他坚持让她留在家里，他搬了出去。

他们就这样奇奇怪怪、不明不白失去了对方的消息。

不可思议的是，他离开她后，时不时会想起她随性、执拗的性格，会突然心中一痛，会闪过一个念头，她会不会遇到真正关心她的人？而她，会想起他的病，会想起他每晚给她端的那杯牛奶，会想起他那孤独的身影。

可是，他们都不知道如何向对方迈出第一步。

一个晚上，她梦见自己和年轻时迷恋的偶像在海边漫步，拥有了年少时向往的爱情。醒来后她十分想他，期盼海啸或地震的发生，期盼他会在最关键的时刻出现，然后他们冰释前嫌，来一场真真切切的爱情。

他也曾幻想过，如果有地震或海啸发生的话，他去救她，一切就会显得理所当然。

他们就这样心里挂念着彼此，却始终不相往来。

五年之后，2008年5月12日，他和她在成都相遇。他们鼓起勇气，在街对面的茶馆坐了下来。

那天，成就了他们的倾城恋。

魔咒解除

苏蓓小时候，有个算命先生说她三十岁前命犯小人。从此，她就像被施了魔咒，凡事不顺。姐弟二人，弟弟的事从来不用操心，到什么阶段成什么事；而苏蓓则是喝凉水都塞牙的那种，把父母折磨得最后也认命了："这孩子，真中邪了！"

终于等到三十岁那天，苏蓓还没起床，老妈就叨叨："别忘了去见见陈姨介绍的那个男的，条件很好。你挑别人，别人也挑你，可别不切实际，你弟结婚都两年了。你今天生日，好兆头，那个算命先生说了，过了三十就顺了……"

早晨出门，半个小时的地铁苏蓓让了五次座。什么破算命的，流年还是不利呀！

到办公室，时间尚早。"老巫婆"还没有来，苏蓓赶紧把准备好的企划再认真看了看，这可是大老板亲自部署的，意义重大。隔壁的那位"菠萝蜜"假着嗓子在那儿打电话发嗲，回头朝这边瞅了一眼，眼睛里嗖嗖射出两支闪着寒光的冷箭。苏蓓不接招，继续做自己的事情，这种情况她早习惯了。

手机骤响，是老妈的电话，唠叨了半天还是提醒她下午去相亲。不是吧，就算真的到了转运时间，也不用这么着急吧？

"老巫婆"终于来了,像一只黄鼠狼,踩着鼠步,用贼溜溜的眼睛来回打量着大家。可怜的小鸡仔们被"老巫婆"满脸的笑容迷惑,前赴后继地英勇献身还浑然不觉。苏蓓递上企划,这可是她半个月通宵达旦的成果。"老巫婆"很仔细地字字研读,频频点头:"不错不错,果真是才女,回头给老总好好夸夸你。"

这是成功交差的意思吗?不会吧,太顺利了,真的转运了?苏蓓狂喜。走出"老巫婆"办公室的一刹那,苏蓓突然觉得后脊发冷,隐隐不安。

"菠萝蜜"一看到苏蓓从"老巫婆"办公室出来,立即凑上来,夸赞苏蓓的才能和衣服,真诚得让人感动。

上级欣赏,同事相处和睦,罕有的顺畅。

难道是魔咒解除了?真灵!苏蓓不是一个迷信的人,但因为一句话承受了三十年的"诅咒",下意识会迷信很多。

几个闺密约好下班后给她庆生。就在走出电梯的一刹那,手机响了,听筒里传来"老巫婆"和蔼的声音:"麻烦到我办公室来一趟。"

看着"老巫婆"满脸的慈祥,苏蓓的心有一点点的慌乱。

"企划做得很好,你的能力得到了老总的充分肯定。""老巫婆",哦,不对,是黄经理,面带笑容地夸着苏蓓。苏蓓心里忐忑,自己平时怎么就发现不了别人的长处?黄经理虽说平日里刁钻些,能力差些,上位的手段不正当些,但也没自己想的那么坏,关键时刻还是挺公正的。再说,自己为人死板,总是躲着黄经理,自己也有很多缺点。苏蓓一边感激着黄经理,一边反思自己平日里的小肚量。

黄经理依旧滔滔不绝:"你在这个部门有点屈才,老总决定调你去基层锻炼半年,回来后重用。"

"啊?!"苏蓓呆住了,"可是,我……"

"年轻人,要珍惜这种机会,这可是我专门为你争取的,准备一下,下个星期去报到。好了,就这样吧。"

"可是，那份企划……"苏蓓怎么都控制不住自己快要失控的情绪。

"交给小罗，她会为你处理好的。""老巫婆"毫不掩饰地笑着。

"可是菠萝……可是小罗不熟悉……"

"这个组织上会考虑的，你要相信组织。""老巫婆"一脸不耐烦地说。

三年前。

苏蓓加夜班，无意间偷听到"老巫婆"和"菠萝蜜"商量算计老党的事情，老党就是老巫婆当时的顶头上司。老党最终被辞退，他是公司成立以来最惨的领导。

这几年，苏蓓如履薄冰，该来的还是来了。

老妈的电话不停地催，闺密的电话也打个不停。最终苏蓓决定去相亲，看看自己还能有多倒霉。

一年后。

苏蓓的婚礼定在三十一岁生日那天。吕宋笑着说："我在你三十岁生日第一次见你，那天你像个奔赴刑场的女壮士，你用你的悲壮打动了我。当时我就想，上辈子一定欠你的，这一世是来还债的，我要娶你，给你后半生幸福！"

小草的梦想

我是一株不知名的小草，生根在一座不知名的院落，春荣秋枯，一晃数载。

每到春季，我带着整个冬天的期盼，迫不及待地冲出土壤，大声喊道："哈喽！"可是没有人回应我，小伙伴们都还在土里。

于是我还要寂寞几天。

路人来来往往，很多是以前熟悉的面孔，也有一些不熟悉的。偶尔，会听到小姑娘惊喜的声音："快来看，这儿有株草绿了，春天来了！"

这是我一年中最快乐的日子。

没过几天，小伙伴们慵慵懒懒地钻出地面，对于我的问候，它们经常急急忙忙回应一下："嗨！"就扎堆去猜测去年秋季的那位孕妇不知生了宝宝没，男孩还是女孩？

用不了多久，我就被埋没在一堆杂草中，再也分不清谁是谁。

每天，人来人往，他们的影像一小段一小段存在我的脑海中。

有时，会有人捧一束鲜花带回家里，每朵花看起来都娇艳欲滴，它们和主人间彼此拥有的状态让我羡慕。

多少次，我想象它们被主人带回家后的情形，我真渴望也能拥有那样的归属感，哪怕只是一刻。

因为我是一株拥有梦想的小草，所以，很多时候，我只能独自静静地在草丛里沉默，注定会有一些寂寞。

又到了一年的夏天。

一天早晨，院子里新来了一名女子，在草丛里找着什么，然后她发现了我："真是一株漂亮的草！"

然后，她小心翼翼地挖出我，捧回家去。

我激动不已，跳跃在她的掌心。

她把我冲洗干净，放进一个装满水的玻璃瓶中，然后放在窗台上。

我环顾四周，窗台上还有几个玻璃瓶，里面都是一些花草，在最边上，有一对打扮入时的鸡蛋。

女主人对着其他玻璃瓶中的花草说："大家要欢迎新朋友哦。"

然后女主人认真看了我们一会儿，自言自语道："你们都好美！"

女主人的漂亮女儿一进家门，第一眼就发现了我："好漂亮的草呀！"

女主人家来了客人，很快也会发现窗台前的我们："真是精致漂亮的花草！"

男主人晚上回到家里，女主人会带着男主人来看我们。

空气里全是香甜的气味。

每天一大早，女主人会给我们换上清水。她用指尖温柔地摩挲我的脸，这时，我会使劲冲她笑，她也总是回我以温柔的笑容。

我的脑海里再也不是支离破碎的故事。

到了第七天，我看见女主人给我换水时，脸上有一丝的遗憾。

"为什么呢？"

很快，我找到了答案。

原来是我不再鲜嫩。

那天，我有一点点伤感。我环顾四周，想说点什么。

这时，我发现那个打扮入时的鸡蛋帅哥脖子下面有了重重的疤。

"嗨，你还好吗？"

"哦，没事的，不小心掉地上摔的。我的蛋液都流完了。"

"你要死了吗？"我小心翼翼地问道。

"也许吧！"

然后，我看到鸡蛋美女脸上流露出伤心的表情。我不知对话如何进行下去。

鸡蛋帅哥沉默了一会儿，说："以前我只是一个普通的鸡蛋，不懂什么喜怒哀乐。是女主人让我变成一个个性的鸡蛋，又非常幸运地遇到我的妻子。"他向鸡蛋美女眨了个眼，"多么快乐的一段日子，可是没想到又有了离别的滋味，真是难过。"

"我不想一个人留下，我会想你的。"鸡蛋美女泪眼婆娑。

鸡蛋帅哥一脸的心疼。

"你们后悔变成一个不一样的鸡蛋吗？"我问道。

"怎么会？！"他们异口同声，然后又相视一笑。

第二天早上，一阵风吹过，我听到"哗——"的一声。

女主人冲到窗前："呀，碎了。"

鸡蛋帅哥支离破碎。

女主人蹙着眉，小心地打扫。

突然，"啪"的一声，鸡蛋美女落在地上，蛋液流了一地。

"我的天，怎么搞的？"女主人惊呼。

又一天，女主人握着笔，在两个新买的鸡蛋上面涂涂画画。

再一天，女主人恋恋不舍地看着我："谢谢你，我的小可爱！"

我知道，我和女主人离别的时刻到了……

悬　念

第一天

　　紫尤和祁远沿着广场散步，这是离他们家最近的一个广场。初冬的天气有些冷，路过一座写字楼时，祁远问道："尤尤，你有没有觉得那辆车有些不对劲？"

　　"哪辆车？"紫尤顺着祁远手指的方向看去，不远处停着一辆白色的皮卡，车身全是泥。

　　"没什么不对呀。"紫尤纳闷。

　　"那辆车停在那里已经三天了，后座上好像躺着个人。"

　　说话间，两个人已经走到了那辆车的跟前。

　　"不要刻意看，路过时你斜着眼瞥一下。"祁远一边说着话一边警惕地看看四周有没有人。

　　紫尤配合着从车边经过。

　　"看到什么没有？"

　　"全是深色玻璃，什么也看不到，而且我有点紧张，没敢仔细看。到底怎么了？"

　　"那辆车停在那里三天，后座上的人姿势从来没变过。"祁远一脸担忧。

"啊？你确定吗？要不要报警？"

"就是不确定才叫你看的。但是，真的很可疑。"

"车三天没动过，你怎么知道？我们只是下班过来散散步，也许司机也是下班才过来，然后在后座睡一会儿。"紫尤耸耸肩。

"那辆车停在那里三天了，昨天我就注意到连车轮子偏的方向都没变，而且后座似乎有个人一直跷着腿。今天也一样，一点变化都没有。"

祁远的话让紫尤兴趣大增："那我们再转回去让我仔细看看。"

"不要急，我们尽量谨慎一些，不要弄错了让人笑话。"祁远顾虑重重。

祁远的态度让紫尤的玩心减弱了很多，也严肃了一些。

快要走到车跟前时，紫尤早早地做起了准备："不行的话，让我直接趴到车窗上看一下。"

"不合适吧？"祁远瞪了一眼紫尤。

两个人假装无意地慢慢从车边经过。

"我说得对不对？是不是有问题？"祁远掩饰不住紧张和兴奋。

"天色太暗，看不太清楚。不过，后窗贴近玻璃的似乎是一条腿，那个人应该是跷着腿在睡觉吧？"

"对对对，就是那个姿势。"

"也许那个人只是每天下班过来办事，然后在后座睡觉。你确定车没动过？"

"肯定没有。那辆车停得有点偏，不可能每次都一厘米也不差地停偏。"

两个人猜测着，商量后决定再经过那辆车一次。

借着路灯的光，车窗上隐隐映出一条腿。

一个小时后，一切都没变。

"祁远，你说，一个人睡着或者醒着的时候，一个姿势能一动不动保持几个小时吗？"

"应该不可能吧。"

"可是如果真有问题，几天了，不可能没人发现。那些广场舞大妈可不是吃闲饭的。"

"我昨天就是这么想的，所以没告诉你。可是真的太奇怪了。"

随后两个人商定，明天下班后再过来一次，如果还是这样，再决定怎么办。

第二天

两个人下班回到家里，凑合着吃了几口饭就急匆匆赶到广场。

那辆车确实没动过，后车窗隐隐映出一条腿的轮廓。由于光线不太好，车膜颜色也有些重，很多疑点还是没法确定。两个人唯一可以达成共识的是：车里的人应该是挽着裤腿。

"明天早上天亮了，我俩过来，一定要搞清楚怎么回事，真有问题就报警。"祁远一脸的坚定。

"真有问题几天没人发现，也忒悬了。不过，确实太可疑了。"

整个晚上，紫尤噩梦连连。

第三天早上

阳光照在皮卡的玻璃上，反射出一片白光。一切都没有变，来来往往晨练的人很多，没有人多看一眼那辆车。

显然，不趴到车窗上仔细看，肯定不会有任何进展。只是，有必要这样做吗？祁远和紫尤看看四周一片祥和的氛围，彼此对望，哈哈大笑起来。

"算了，上班去，咱俩侦探小说看多了。"祁远有点自嘲。

"我想也是。"紫尤撇撇嘴。

第三天下午

下班回到家，二人还在纠结那辆车，于是急急吃过饭，揪着心走向广场。

车还是可疑地停在原地。

"一定有问题。"

"这么久了，不可能只有我俩发现吧？"祁远皱着眉。

"其他人说不定也和我们一样，都想着这么多天了，真有问题早被别人发现了，以前不是也经常有这种事发生吗？"紫尤盯着祁远，等待认可。

二人在广场的不同角度进行观测分析，同时确保没有引起旁人的注意，最后商定采取进一步行动。

他们又一次来到了车前，祁远迅速趴到车玻璃上往里窥探，突然身子往后一仰："啊！"紫尤忘了先前的约定，立马挤走祁远，凑到玻璃上，光线很暗，看起来有点费劲。"妈呀！"紫尤一声惊呼。祁远拉起紫尤就跑。

"走，报警。"

"嗯！"紫尤点头。

他们来到派出所，值班民警认真听他们讲完后，问道："你俩确信后座有个人吗？"二人对望一下，使劲点点头。民警做着笔录，又问道："车牌号多少？"祁远报了车牌号，民警在电脑上查了一下，自言自语道："不对呀。"

正做笔录间，门外进来两名男子，值班民警叫道："王队，你看一下这个。"其中一名穿夹克的高个子男子走到桌前，拿起笔录看了一遍，又问了祁远和紫尤几个问题，然后对值班民警说："小杨，你在这儿守着，我和老张过去看看。"

他们四人很快就到了车跟前，警察老张额头贴着玻璃往车里望了一下，王队绕着车看着什么。突然，有人大声喊道："干什么的？"四人同时望去，一百米开外的树底下站着一名男子，看不清长相，五十多岁。

王队向那人走去，问道："你是干什么的？"那人转身就跑，王队拔腿就追，老张紧跟着也追了上去。那人边跑边喊："救命！救命！"广场周边稀稀拉拉的路人都开始驻足观看。没几分钟，那人被王队摁倒在地，那人杀猪般号叫："放开我，还有王法没？救命啊！"

当那名男子确定王队他们是警察后，安静了一些，问道："你们抓我干吗？"

"你跑个啥？"

"你们追，我就跑啊。"

"车是你的？"

"我儿子的。"

"把车打开。"

车门终于被打开，祁远和紫尤小心翼翼地向车里看。

一条被子和半截模特从后座上被拉了出来。

王队和老张对望一下，露出似笑非笑的表情。

王队和老张又仔细检查了整辆车，在前座手套箱里找到一块牌照。

"我儿子是做服装生意的，在大前门服装城。我几天联系不到他了，昨天晚上他打来电话，说欠账了，躲起来了，又告诉我车停在这里，让我把车开走。"男子一脸的沮丧，"那辆车平时我儿子开，那块牌照我也不知道怎么回事。"

"跟我们回趟警局，录个口供。"老张对那名男子说。

"还要去警局？不是都说清楚了吗？再说我也没时间，我老伴还病着，在家里等我伺候呢。"

说话间，老张已坐在了驾驶座上，把钥匙插进锁孔。

王队则站在男子旁边等其上车，同时示意祁远和紫尤也上车。

突然，那名男子一把推开王队，朝马路对面狂奔而去。

王队一个趔趄差点摔倒，连忙用手撑地站起，拔腿就追。老张也从车上跳下，对祁远他们喊了一声："把车看好。"拔腿也追了上去。

二人远远看着王队和老张追上了男子，几人厮打起来，男子拿着匕首疯狂乱刺。

紫尤浑身打战，祁远紧紧地搂着紫尤的肩，一边关注着王队，一边警惕地左右打量。

终于，男子被铐上了手铐，押回派出所。

半个小时后，公安干警在车的前引擎盖里发现了五包白色粉末，每包都有烟盒那么大。

又一个多小时，Y市公安局缉毒大队人员来到派出所。

第四天凌晨五点

王队把祁远和紫尤送到派出所门口："我们可能还需要你们协助，到时会打电话给你们。"

"好的，没问题。"祁远和王队握了一下手，带着紫尤离开。

寒风扫在两人脸上，刀割般疼。

一个月后

祁远和紫尤接到王队电话，来到Y市公安局。

在一个小型会议室里，王队、一名年长警官和一名年轻干警非常热情地迎接他们。

寒暄坐定后，年长警官说："感谢你们对我们工作的支持，你们提供的线索非常重要，十分及时。这是一起特大毒品交易案和故意杀人案，鉴于对你们安全的考虑和案件保密需要，就不对外宣传了。这里有一万元奖金，是组织研究特拨的，请收下。"

"啊？这么严重？钱就不用了，这是我们应该做的。"祁远连连摆手，惊讶中透着释然。

紫尤转头看着王队："真的不用了。"

年长警官微笑着说："拿着吧，这是组织的一点心意。"

王队把二人送到门口，祁远犹豫了一下，问道："那名男子是车主的父亲吗？车主哪里去了？"

王队盯着祁远看了半晌，长嘘了一口气，回答道："你们报案时，车主已经被杀了。那名男子不是车主的父亲，他们两个都是毒贩子。"

一个月后的某晚

紫尤窝在沙发上看电视，祁远在电脑上打游戏。

"现在播报本市新闻，我市公安部门近期破获一起特大毒品交易案和故意杀人案，缴获毒品×公斤，抓捕嫌疑人十多名。据公安部门通报，贩毒人员之间发生内讧，一名毒贩被杀死丢弃于齐河沟。案件还在进一步审理中……"

二人定定站在电视机前，紫尤突然跳起大叫"耶——"，然后冲到沙发前拿起抱枕扔向祁远："祁远，看我厉害不？都是我发现的，要不是我细心，要不是我坚持，怎么可能抓到这些坏人，我是战无不胜的……"

祁远做出求饶的姿势，大笑道："你厉害，你比福尔摩斯都厉害，你是世界上最厉害的……"

立 夏

一

　　立夏，农历二十四节气中的第七个节气，夏季的第一个节气，表示盛夏时节的正式开始。在天文学上，立夏表示即将告别春天，夏天开始。人们习惯上都把立夏当作是气温明显升高，炎暑将临，雷雨增多，农作物进入生长旺季的一个重要节气。

　　胡立夏，女，二十九岁，汉族，本科，××公司部门经理。

　　再有两个小时，电脑上的那份简历就要发生一点变化：胡立夏，女，三十岁，汉族，本科，××公司部门经理。

　　窗外电闪雷鸣，风卷起粘着尘土的雨飘进屋内，一股泥土的味道带着隐隐的花香瞬间从屋中穿堂而过，地板上落了一层泥点。正在电脑前发呆的胡立夏转头看着窗前的一片狼藉，更添了一些烦闷，起身关上窗户。一道闪电划亮天空，街面带着一丝诡异。

　　电脑上有一张照片，一个穿着灰色风衣的女子坐在长椅上，略显庄重的表情带着一丝笑意。

　　"妈，我为什么要叫立夏？"

　　"因为你是立夏那天出生的。"

"爸，为什么立夏出生的就要叫立夏？"

"因为夏天代表着繁茂昌盛，爸爸希望你的人生也是如此。"

手机响起，回忆中的立夏被惊醒，站起来，转身到茶几上拿起手机。

"夏夏，下雷雨了，要把窗子关好啊，腿上穿厚一点啊。"老爸洪亮的声音从听筒里传来。

"知道了，爸。"

"明天下午，爸给你做好吃的。"

"不用了，爸，我明天和同事一起。"

"三十岁的生日，可不能马马虎虎。"

"放心吧，爸。"

三十岁真是一个让人感慨的年龄。小时候那些又甜又腻的生日，在回忆中一天天久远了。

关于妈妈的记忆越来越模糊，只记得一双柔软的手，还有凉凉的唇和温暖的笑。

那时候的爸爸似乎是一个笨手笨脚的男人，妈妈做着饭，爸爸拿着厚厚的书，站在妈妈身后高谈阔论，忙里偷闲时，总不忘把小立夏抱起来用胡子扎几下。

那些温柔的记忆遥远、模糊，又刻骨铭心，就像甜蜜的梦，慰藉着心灵。

二

"慧慧，你看到了吗？夏夏已经三十岁了，她很优秀，很独立，真希望她能嫁个好人家。"

胡尚前窝在一个塌陷下去的沙发里，捧着一本相册，翻页上是一张泛黄的彩色照片，左边坐着一个留着齐肩鬈发的女子，精干英气，嘴角微微上翘，脸上有一个浅浅的酒窝；右边坐着一个戴着眼镜、文质彬彬的男子；中间是一个扎着羊角辫的女孩，七八岁的样子，微斜着脑袋，眼睛笑成了月牙儿，非常可爱。

"我都老得不成样了，你不会嫌弃我吧？要是夏夏嫁了人，我都不知道以后该怎么办，你不知我有多想你。"

一双粗糙的大手抹去相册上的泪滴，瞬间，几滴泪珠在塑料表皮上变成好几个小水珠。

一盏泛白的荧光灯静静地注视着这个显得老旧、凌乱的房间，还有那个陷在沙发里，两鬓斑白，有些孤独的中年男子。

三

三十三年前。

"你看，模样多俊，语文老师，你教大学，她教初中，都是文化人……你们俩肯定行。"

介绍人热情洋溢。

第一次见面是在初中的一间办公室，介绍人一番介绍过后就离开了。胡尚前看着眼前这个文静娴雅的女子，莫名涌上一种亲切感，但那种直奔婚姻而去的想法让他又有点无所适从，手心不停冒着汗，一场不太严谨、审讯犯人似的答问在一种尴尬和不舍中结束。

胡尚前期待再次见面。

作为一名严肃传统的教大学马列课的老师，胡尚前开始了一生中最大胆主动的感情攻势。

但方慧总是若即若离。

"人生真是奇怪，我以前从不相信前世之说，可现在却为你着迷，因你晕了头，坚信你与我前世许下诺言，今世成就姻缘。"胡尚前着了魔。

见面后第九十七天。

"我不能骗你，我心脏不怎么好，你会后悔的。"方慧认真地说。

"没有孩子我们可以领养一个。"胡尚前脱口而出。

方慧双颊绯红。

幸福从一条狭窄的通道穿行而过，冲开大门，二人被巨浪裹挟。

结婚两年后，胡立夏出生。

"似乎有点太幸福了，不可思议啊。"

"好人好报嘛。"胡尚前一脸得意。

平淡如水的时光缓缓流淌。

转眼，立夏八岁多了。

"尚前，夏夏今天又摔得满身土，脸都磕破了。"

"这丫头咋回事？走路毛毛躁躁。"

"运动天分这么差，像你了吧？"方慧咻咻笑着。

"你咋不说聪明像我？"胡尚前撇撇嘴。

噩梦到底从哪一天开始？

胡立夏又一次在体育课上摔倒，但这一次却不能行走了。

本地医院找不到原因。

最终在北京的一家医院确诊，小儿麻痹症，医生说以后能正常走路的概率微乎其微。

方慧栽倒在医院的台阶上，再没有醒来，心肌梗死。

记忆再一次在胡尚前的脑海复苏，蜜糖般的回忆一闪即过，只留下那劣质白酒般的辛辣，在五脏六腑间焚烧。

"慧慧，你怎么可以如此狠心？"胡尚前又一次咬牙切齿，发出包含着无尽柔情的叹息。

四

时针指向十二点，手机上收到一条新的微信消息。

微信上写着:"生日快乐,记得把自己早点嫁出去。"

"好的,谢谢啊。"胡立夏脑海浮现出那个略显文弱的男生——再铭。

三十岁,真不是一个可以轻易忽视的年龄,沉睡许久的记忆从各个角落被唤醒。

"单位派妈妈去很远的地方出差了,要很久才能回来。"胡尚前的话是一个字一个字挤出来的。

"妈妈死了,我懂。我以后再也不能走路了,爸爸,你不会也不要我了吧?"

胡尚前急速走出病房,胡立夏听到外面隐隐传来压抑的哭声。

那次之后,似乎再没有爸爸哭过的印象。

全国各地的医院,还有那个唯一的家,是胡立夏绝大多数的记忆。有那么五六年吧,按摩、做饭、辅导功课,胡尚前真是一个全能的爸爸。

"爸,医生说我快可以走路了吗?"

"是的,我们快成功了,功夫不负有心人嘛。别忘了告诉你妈妈这个喜讯,感谢她的保佑。"

"爸,我初中就可以去学校上学吗?"

"当然可以。"

"爸,书上很多故事都说,学校的学生会欺负像我这样的同学。"

"书上也说,如果你足够优秀,他们也会非常尊重你。"

"爸,以后我就可以给咱们做饭了,你也可以继续当老师了。"

"丫头,我们会越来越好的,爸答应会带你去北京吃肯德基,你不是说还要带爸爸周游世界吗?"

"爸,我会努力的。"

"爸爸也会的。"

五

"我差点儿就撑不住了。"胡尚前回想起那些熬煎的日子，会被自己曾经那些千奇百怪的想法吓出一身冷汗。

夏夏那甜美的面容，敏感的心，吐玉的小嘴，真是让人疼到骨子里。奔波、治疗、家务、教育，胡尚前忙得都没有时间去思念慧慧。有时突然从夏夏的眉宇间、谈吐中看到慧慧的影子，一针扎在心上，气都喘不过来。

深夜，夏夏睡了，胡尚前会对着慧慧的照片，聊聊夏夏的变化。

"慧慧，你太着急了，我们的女儿不会一辈子那么命苦的。你看，现在不是一天天好了吗？你太狠心了，怎么忍心丢下我和夏夏。"

"慧慧，我太累了，真想来找你，可夏夏怎么办？"

"慧慧，你看到了吗？我们今天多快乐，夏夏真是天才，她似乎比咱们俩加起来都聪明，我把她在家做的卷子拿去让学校老师看，竟然可以是年级第六名呢！哈哈，还是我这个老师厉害。"

"慧慧，夏夏可以走路了，医生说她初中就可以去学校了。"

"慧慧，如果夏夏上了学，我就可以继续教书了，还可以额外带点课，多挣一点钱，现在真的是很需要钱啊。"

"慧慧，夏夏明天就去初中上学了，她很紧张，我其实比她还紧张。"

"慧慧，学校后勤处那个李姐今天说她想和我一起照顾夏夏，你没有生气吧？"

"慧慧，夏夏出嫁前，我谁都不要，万一她们嫌弃夏夏呢？那丫头很是敏感呢。"

"慧慧，夏夏今天又被同学嘲笑是个瘸子，可她好像不怎么受伤了。"

"慧慧，那丫头真是不得了，咱们俩生了个女金刚呢。"

六

明天要去学校了，那会是什么样子呢？我，胡立夏，一定要给爸爸争气。

上学一点儿也不好，为什么总会有人趴在教室外偷偷指我？为什么他们都去操场，留我一个人在教室？为什么我没有朋友？

你们等着，期中考试我会让你们刮目相看。

可是我心里很难过。

"爸爸，你知道吗，已经有好几个同学开始喜欢我了。爸爸，第三名的成绩很不错吧，我很牛吧？"

"可是，爸爸，我没告诉你，同学们愿意和我在一起，同情的成分多一些，我很不喜欢这种感觉。"

"爸爸，今天演讲比赛，我是三等奖，掌声很热烈呢。我听见有同学说我是瘸子，我也知道，评委不给我一等奖也因为我是瘸子。不过，没事啦，三等奖也很厉害了，是不是？"

"爸爸，今天有个男生欺负我，再铭打了那个男生，再铭就是那天帮我捡书包那个男生。对，就是戴眼镜那个，很有正义感呢。"

"爸爸，我不敢问你，有个男生愿意为我打架，是不是喜欢我呢？这个叫不叫爱情呢？"

"爸爸，再铭也考上重点高中了，他的成绩只比我低两分。"

"爸爸，我没给你说，再铭和我又在一个班，我好激动好激动。"

"爸爸，你见了再铭，别老让他照顾我，人家说句客气话，你就那么认真，你知不知道我很尴尬。"

"再铭今天给我诉苦，说他暗恋我们班班花，这不是早恋吗？怎么可以这样？这样下去，学习是会退步的。可是，我没有给他说我的想法，我一句话也没有说，认真听完了他的倾诉。我知道，过不了两天，他可能就全忘了。"

"爸爸,我高考一定会一鸣惊人的,相信我。"

七

"慧慧,给你说一个好消息还有一个坏消息,你想先听哪一个?"胡尚前哽咽着。

"好消息是夏夏的高考成绩出乎意料地好,坏消息是没有好学校愿意要咱们夏夏。我都不知该怎么办才好了。也许是立夏出生的孩子吧,倒是志气满满,要明年继续考,说总会有学校录她。唉,真是傻孩子,如果一直没学校要该怎么办呢?"

八

为什么没有学校愿意收我?这不公平。

我会继续考,我会想办法,梦想总会实现的。如果现在放弃,也许我一生就这样了,到时爸爸该怎么办?

"妈妈,你知道爸爸有多辛苦吗?他的半生都耗在我这儿了,我很难过。妈妈,真希望你还在,可以陪陪爸爸。"

"妈妈,我还有一个秘密不知该怎么告诉你,再铭考上了理想的学校,我今天祝福过他了,他似乎很不开心,鼓励我继续考。还有,再铭那么优秀,我是个瘸子,还长他两岁,我却经常会胡思乱想,真是对不起他的善良。再铭说过,我们是好哥们儿。对,我们是好哥们儿!"

九

"慧慧,今天只有好消息,夏夏上大学了!三年,三年了,我激动得不知说什么才好。"

十

　　上大学的感觉真好，我会努力学习，我会努力兼职，我会努力赚钱。

　　最好玩的事情是，当我坐着时，总会有男孩子过来搭讪，可当我站起来时，他们都被吓跑了。哈哈。

　　还有，好久没见再铭了。

十一

　　"慧慧，我们的夏夏毕业了，她选择回到我身边，已被一家公司录用，她真是很能干。还有那个叫再铭的小伙子，记得吗？他结婚了，我真是很担心夏夏，可我一丁点儿都不会让夏夏感觉到，一切都会过去的。

　　"还有，我真是难以启齿，那个我曾经说过的李姐，她经常会过来帮我，她今天说，让我认真考虑考虑。唉，我知道你不会反对，可我曾经发过誓，夏夏不结婚，我不会考虑这些的，可是良心怎么会感到有些不安呢？"

十二

　　最近，公司隔壁银行的一名男职员总是偷偷盯着我。

　　他今天到我公司来办事，还在我这里有业务，他的手一直抖，真是一个拘谨的家伙。

　　这一个月，他来我们这里不下十次了，似乎没那么紧张了。

　　他说，他叫吴岩。最搞笑的是，他的小名叫小满，小满出生，哈哈。立夏、小满，真是很有意思呢。

我要升部门经理了，都说进公司才两年，是个奇迹呢！可我已经快三十岁了，耽误不起啊。

我在市中心买了房，爸爸不愿意搬过来，他很念旧。还好，有李阿姨在那边，我的操心似乎多余了。每次见到爸爸，他总是唠叨让我结婚。我一个人挺好的，为什么非要结婚？再说，跟谁结呢？

十三

三十岁了，突然觉得很孤单。

再铭让我早点嫁出去，真是一句又温暖又令人伤心欲绝的祝福。

北京有公司要我过去，也是部门经理，舞台要大得多。要不要去呢？没有我在身边，爸爸能适应得了吗？

再铭也不在北京，唉！人家已经结婚了，我怎么又胡思乱想？

北京是适合我的舞台吗？那，这里还有什么留住我的理由？

十四

我叫吴岩，乳名小满，大学毕业，农业银行××部门副主任，二十八岁，单身。

第一次看到胡立夏三个字，我就充满了好奇，想认识一下这个女孩。

第一次见到胡立夏本尊，我就觉得我们有故事。

她长得好漂亮，真可惜，腿有些瘸，还长我两岁，我们可能只会有一点故事吧。

怎么办？我很想去了解她。

我已经关注她六个月又十七天了，天哪，她真是个了不起的女孩！

我费尽千辛万苦终于调到她们单位旁边，可以天天看到她。

完蛋了，我想我是爱上她了。

我爸妈会杀了我。不过，我会搞定他们。

明天立夏，是胡立夏三十岁生日，我想，我会有所行动。

十五

凌晨两点三十分。

胡立夏在电脑前发着呆。

"嘀——"，手机响了。

"立夏，生日快乐！——吴小满"

"谢谢！"

"你没睡吗（一个开心的表情）？"

"嗯，还没有。"

"早点休息。明天有空吗？"

胡立夏没有立即回复，沉默了一会儿。

"明天我还有点事，有什么事现在说吧（一个微笑的表情）。"

"可能话有点长（一个吐舌的表情）。"

胡立夏再次沉默了一会儿。

"你说吧，我明天不上班，休息。"

一个欢腾跳跃的小兔子表情在胡立夏的手机上跳动。

十六

天哪！简直太震撼了。一个叫吴小满的小伙子，说他喜欢一个叫胡立夏的女士。

让我静静。

我似乎真有些感动呢。

胡立夏对着手机上那些不断出现的文字，尘封许久的心有一丝暖流流过。

可是，该怎么回应呢？胡立夏一点儿主意也没有。

手机终于安静了下来。

胡立夏什么也没有说。

十七

立夏没有理我，是不是我太莽撞了，吓到她了？该死。

可三十岁是很重要的生日，就算她不理我，我也一定送她礼物，表达我的心意，否则，我会后悔的。

立夏，我会照顾你一辈子的，不管未来遇到什么难关。

十八

一年后。

我不会去北京，我哪里都不去，我要守着这两个我深爱的男人。

老爸，你已经快六十了，我却差点儿把你丢下，真是不孝。有三个女人深爱着你，方慧、李康琴、胡立夏，也许是老天对它奖惩失误的一点弥补吧。

还有，吴小满，I love you！

错 位

2016年，夏。

曲烟啜了一口杯中的咖啡，向林玉撒着娇："我今天真的有事，小宝马上放学了。明天陪你。"林玉诧异地看着曲烟："贤妻良母？这节奏有点跟不上。"

曲烟佯装愠怒。

林玉摆摆手："去吧，去吧。"

曲烟做了个OK的手势，俏皮地笑笑，起身迈着小碎步离开咖啡店。

1997年，秋。

开学第一天，刚上三年级的林玉找曲烟一起上学，却发现曲烟家的门上了锁。那天，林玉在学校里也没看到曲烟。中午，林玉终于知道了缘由，曲烟父母离婚了。

似乎所有人都很震惊。林玉的妈妈告诉林玉，以后要对曲烟好一点。

没几天，曲烟继续上学，林玉则继续站在曲烟家门口等曲烟。

一切和以前差不多，只是，林玉再也没有蹭到曲烟家的苹果、果冻、干脆面，曲烟家门口再也没有出现她帅气的爸爸和漂亮的妈妈，那些让林玉心底有点小小艳羡的人或物。

曲烟沉默寡言了一段时间，又开始叽叽喳喳起来，曲烟的家里依旧整洁如初，曲烟的妈妈——那个优雅漂亮的韩玲阿姨依旧美丽，只是变得有点淡漠。这正合了两个小伙伴的心意，没人干扰的课余生活，可以涉猎很多领域。

邻里在背后对韩玲的议论不时充斥着小林玉的耳朵。

"韩玲太任性了，她就不应该离婚。"

"我也劝过，她不听啊。"

"我问过邓江浦，说她就为一点小事，坚持要离，他也实在没办法。"

"我看见邓江浦回来过几次，韩玲门都不给开。"

"多好的一家子，韩玲是要闹哪出啊？孩子都那么大了。"

"不是一直都很和睦，从来都没见红过脸吗？怎么整得这么狠？"

"估计过一段时间就没事了，肯定会复婚，听说邓江浦当年为了追韩玲，连M市那么好的工作都不要了。"

"到底因为什么事，闹得这么凶？"

"还不是因为以前那个厚脸皮女的，一直黏着邓江浦。"

"不是没什么事，邓江浦根本不理吗？"

"韩玲不知又从哪儿听到了一些闲言……"

声音越来越小，林玉从街坊的口中听出了惋惜。

1998年，冬，夜。

韩玲来到林玉家。林玉被父母赶进卧室。

韩玲在客厅哭了很久，林玉听不清他们说了些什么。

韩玲走后，林玉听见父母的叹息："韩玲太任性了，这下麻烦了。"

第二天，曲烟急躁，动不动就发火。林玉沉默着，不知说什么好。

又过了一段时间，韩玲再次来到林玉家，言谈间有一些故作的得意：

"那样的女人，他怎么就看得上，又丑又没素质，我等着看他以后会有什么好日子过……"

韩玲突兀而来的世俗气息，让林玉莫名生出一些不甚明了的烦闷心情。

韩玲、邓江浦又成了街头巷尾的议论热点，曾经的那对才子佳人，是那样琴瑟和谐。

"邓江浦迟早会离婚的。他怎么会娶那样的女人？和韩玲比简直是天上地下。"

"他俩当初不是赌气嘛，以后说不定还能复合。"

"不可能，邓江浦又有孩子了。"

"韩玲似乎对邓不死心，听说邓提起韩也是非常痛苦。唉，多好的一对，真是不懂珍惜。"

"韩玲真是的，早知今日，何必当初。那个女人可不是吃素的，韩玲这次，没法说啊！"

"韩玲当年也太清高了。"

"可怜了曲烟。"

五年级时，曲烟搬了家，又转了学，和林玉还在同一座城，只是在城的另一端。

转眼到了初中，曲烟和林玉又考到了同一所重点学校。

偶尔曲烟会约林玉出去玩，只是林玉记忆中的那个小公主不见了。有时候曲烟会在林玉家留宿，林玉的父母在曲烟面前小心翼翼。

曾有一次，林玉去了曲烟家，家里非常整洁，只是太过冷清。林玉听街坊在背后偷偷议论，说现在的韩玲酗酒、抽烟、打麻将。因此林玉心中的韩玲已变成一个不修边幅的中年妇女形象，可当林玉再次见到韩玲时，心中一震，岁月似乎要用容颜不老的厚待来弥补韩玲在感情上的失意。只是她神情淡淡的，好像根本不认识林玉，曲烟母女之间也是一种淡漠疏离的状态。

林玉也去过一次邓江浦家，那位传说中的丑阿姨没在家。林玉惊诧于邓江浦家里的凌乱，惊诧于邓江浦大大的肚腩及略显老态的身姿，完全没有一个成功男人应有的形象。唯一能打动林玉的，是邓江浦看曲烟时那慈爱的眼神和手忙脚乱的关心。

中考前夕，曲烟失踪了，惊动了警察，寻找一天一夜未果。

韩玲给林玉父母哭诉："都是我不好，只顾沉溺在自己的悲伤里，从来不关心曲烟，曲烟恨我是应该的。"

邓江浦跟着警察疯狂地满城寻找曲烟的踪迹。

第三天，曲烟自己回来了，一个字也不说。曲烟被邓江浦带回了家，韩玲则住在了林玉家。

韩玲整夜哭诉，毫不顾及形象："邓江浦高中时就追我，一直追到上海上大学，我们俩为了分配到一个城市才来到这个小地方。前些年我年轻好胜，听到有人给我说有个女的黏着邓江浦，我就想：人家为啥不黏别人，偏偏黏他？肯定是他有问题。我就耍性子，要离婚。我当时都没见过那个女的，可就是很生气，觉得我们的感情有了污点，再也洗不干净。可是没想到刚一离，他那么快又结了婚，竟然不是我听说的那个女的，而是另一个又丑又俗的女人……以前，他对我含在嘴里怕化了，捧在手上怕摔了，怎么一点点征兆都没有，说变就变了。我在这里没有亲戚，也没有朋友，我原想回我的家乡去，可我离不开他……这几年我也想明白了，当时我把他往死里逼，他能走到后来那一步，一定是有难言之隐。他一定会回来的，我要在这里等他。曲烟是他的掌上明珠，皱一下眉头他都要心疼的，他一定会回来的……"

隔天，邓江浦到林玉家取曲烟的围巾，他犹豫再三，把林玉的妈妈叫到一边："劝劝韩玲，让她再婚吧。我们，再不可能了。有些路，走了，就不能回头了。"

刚走出院子，邻家阿姨又把邓家浦叫住："韩玲一直等你，你快回来吧！你看你现在过的那叫啥日子？"

邓江浦看着邻家阿姨，微张着嘴，欲言又止，转身离去，再没有来过这里。听说他走的时候，眼眶里泪光闪闪。

所有认识韩玲的人都说她太傻、太天真。韩玲的坚守，让八卦永远鲜活。

据熟悉邓江浦的人讲述，邓江浦事业发达，虽然生活上窝囊凌乱，媳妇很泼，但是他们的女儿聪明，养眼又懂事。

曲烟和她的母亲依旧在一种奇怪的氛围里生活，并没有因为那一次曲烟的失踪改变什么。她的父亲，因为种种原因，除了经济上的帮衬，对她也是爱莫能助。高中的时候，曲烟放任自己发展，成为一个冷傲、特立独行的气质美女，只有和林玉在一起时，她的小女生气质才得以显露。高中毕业，以曲烟的能力，自然而然地考上了一所不错的大学。

暑假，曲烟同林玉去丽江游玩，在那个盛产浪漫的地方，酒高之后的曲烟醉眼蒙眬，问林玉："你知道我最大的心愿是什么？"

"英国留学？"

"不对。"

"办个人画展？"

"不——对。"

"周游世界？"

"哈哈，你好单纯。让我告诉你，我最大的心愿，就是拆散一对鸳鸯，让一个疼爱老婆的精品男人爱上我，永远爱上我。我爱不爱他不重要。哈哈哈……"

曲烟上大学那一年。

韩玲还未再婚，是一个素净优雅的中年妇女。

而邓江浦，出行经常带着那个令人骄傲的小女儿，稀松平常的外表难掩幸福之色。

大学四年，曲烟从未恋爱，是一个令男人们仰望的女子。毕业后，她去了英国读硕士。

但第二年曲烟突然回国，准备结婚。

那一年，曲烟二十三，那名男子三十三，离异，某公司高管。

林玉敲着曲烟的脑壳说道："拆散别人你很快乐吗？你疯了！"

曲烟毫不介意地坏笑："那是我的理想。"

韩玲则说："都是命。"

邓江浦沉默，一支接一支地抽烟。

曲烟的妹妹说："姐夫好有范儿。"

曲烟夫君的前妻说："他能抛弃我，就能抛弃你，等着你的好消息。"

一场扑朔迷离的婚姻就这么开始了。

曲烟决定陪伴婚姻，回北京发展。

韩玲还是看不到有任何再婚的苗头。

邓江浦依旧。

曲烟夫君的前妻不断地在曲烟的新生活里刷存在感，从不讲究方式。

两年后，曲烟怀孕。

韩玲去北京陪曲烟，一改多年来母女之间的淡漠，母女之情深，令人感慨。

岁月真是个神奇的魔法师。

林玉到北京出差，顺道去看曲烟。曲烟看起来温柔且健谈。

曲烟说："林玉，今天给你说实话，一切不是我之前说的那样，也不是你想的那样。他到英国出差，我是导游，他的妻子有外遇，心机很重。我想，也许我从小缺少父爱，迷恋那样的爱情。他是一个很好的人，你一定要祝福我。"

林玉说："一看就是好人，只怕你负了他，最终苦了你自己。"

"我哪有那么坏。"曲烟捂嘴笑了起来。

"有时候，我真有点看不透你。"林玉撇撇嘴。

2016年，夏。

7月9日，咖啡店，林玉约了曲烟。

"帮我选一下手捧花吧。"

"你那么大老远约我，就为了让我帮你选手捧花？微信不可以吗？"曲烟一脸的嫌弃。

"还有些心事想和你聊。"

"炫幸福吧！拜托，我这一周已被你占用三天了，能不能一次解决？"

林玉瞪着眼："太绝情了吧？"

曲烟啜了一口杯中的咖啡，向林玉撒着娇："我今天真的有事，小宝马上放学了，明天陪你。"林玉诧异地看着曲烟："贤妻良母？这节奏有点跟不上。"

曲烟佯装愠怒。

林玉摆摆手："去吧，去吧。"

我是谁

7月26日中午，老胡经过村里的水塘，听到呼救声，赶紧跑过去。一个男孩子落水了，另一个在岸边扯着嗓子哭。老胡跳下水救起孩子，看着大人们赶了过来，孩子无大碍，他便起身离开了。

第二天，老胡在院子里莳弄花草，听见屋子外面一片嘈杂声。抬头间，门外老老少少进来一群人，带头的那对中年男女从身后拉出一个十多岁的男孩，男孩扑通跪下，原来是他昨天救的那个孩子。感激的哭声、讲述声、掌声让这个偏僻清寂的小屋子热闹异常，只是当大家期待地等老胡接受谢意时，老胡只说了一句"应该的"，就把大家请出了家门。

第三天，记者采访，老胡婉言拒绝。

第四天如此。

第五天如此。

随着老胡的沉默，问题来了：老胡是谁？

先说说这个小村落。

这是一个风景优美、位置偏僻的南方小村落，村中多为留守人员。那天两个在水池边玩耍的男孩是随亲友自驾游玩的，在村子休息期间，看到小村落风光不错，趁大人不注意偷偷溜出来玩时差点酿成悲剧。

再说说老胡是谁。

老胡本人什么都不说，拒绝所有人的问题。

上一任村支书说："他来了有七八年，当时背个大旅行包，四十多岁的样子，自称姓胡，说想在村子边上废弃的屋子里住下来，看着像是个文化人。村子里的人好奇了一段时间，问他从哪里来？为什么住这里？他只是说城里住烦了，以后就扎根在这里了。之后老胡每天不是收拾屋子，就是修整周边土地，再没其他，也不多言语。过了段时间，村民的好奇心也就变淡了。"

现任村支书说："老胡？他在这儿很多年了，其他的情况，我也不知道。什么我不负责任？这儿天高皇帝远的，村里本来才有几号人呀！能有人愿意住这儿，把那块荒地打理得井井有条，有必要管那么多吗？"

剩下的是一群村民，七嘴八舌地说了一些零碎的事情：

"老胡住得偏，平时和大家基本没什么来往，但对人挺友善的，就是不爱说话。"

"大概受过什么刺激吧，要不然不会在这儿住这么多年。"

"文化人。"

"有时候会不在几天，但大部分时间好像都在，过年都不离开。"

"好人。"

这就是所有认识老胡的人对老胡的描述。

这次老胡救了那个孩子的命，村里人对老胡又多生了几分好感。

村里村外因老胡的事情热闹了几天后，很快又归于平静。

第二年2月4日。

村里突然开来了一辆警车。

这是一件稀罕事。

据说村子所属的县城及隔壁的县城近两年不安稳，发生了多起恶性案件，警察来摸底调查，主要针对外来可疑人口。

村里人很快想到老胡，大家只注意到"外来可疑人口"几个让人浮想联翩的字，完全忽略了后边的"恶性案件"几个字。

村里人突然有些紧张和兴奋：老胡来自哪里？为什么住在这里？

老胡给警察拿出了一张早已过期的一代身份证，上面显示某某省某某市某某区某某街道。

警察："怎么不换身份证？"

老胡："哪里也不去，不需要。"

警察："为什么来这里？原来是干什么的？"

老胡："原来在某某省某某公司。遇了点事，想远离以前的人和事，就到了这里。"

警察："家里有什么亲人？"

老胡："没有，什么亲人都没有。"

警察："快过年了，不回去？"

老胡："不想回。"

警察的谈话记录本上写着：胡某某，男，五十一岁，籍贯某某省某某县。毕业于某某省某某大学，曾于某某省某某公司某某部门担任高级技术员。父母早逝，为家中独子。未婚，曾有一女友，相恋五年。八年前俩人因感情纠纷导致怀有身孕的女友意外身亡。胡某某深受刺激，决定找一处偏远艰苦的地方赎罪，以减轻心中罪孽。

同年3月6日。

警察第二次来到老胡的屋子。

警察："我们通过身份证上的地址查不到你的个人信息，某某公司也没有你的个人资料。你的父母情况我们核查不到。你的女友，嗯，怎么说呢，我们也查不到。"

老胡："可是我说的都是真的。当时办身份证时，我正好在外面临时租地方住，所以那个地址是我当时租的地方。时间太久了，有些事就是不好说清楚。"

警察："你再想想，还有什么可以证明你说的是真的。比如其他证件、照片、同学、老师、亲戚……"

警察给老胡拍了照片，离开村子时暗中吩咐村主任密切关注老胡的动向。

又一周后。

老胡被警察带到了县公安局。

审查与核查工作同步进行。

警察："虽然你说的听起来很可信，可是为什么你原来就职的公司没有你的档案资料？"

警察："大学档案里查到了你的名字，可是却没有你的照片。"

警察："非常不幸，你们县城的档案馆曾着过一次火，什么资料都没有了。"

警察："还有，你所提供的熟人我们基本都找不到。"

老胡："我的身份证肯定是真的，你们可以从这儿着手查。"

警察："嗯，这么说吧，一代身份证当时办理时有一些不完善的地方，也没有入网。你因为没有及时变更二代身份证，所以，还是想想其他办法吧！"

老胡："就算不能证明我是谁，那很重要吗？我都不在乎我是谁。一辈子待在这里也没什么不可以。"

警察："你可能还没有搞清楚我们为什么把你带到这里。九年前，你所在的那个省有几起命案，和你前面讲的你个人的踪迹有一些吻合的地方，所以，你证明不了自己，也就摆脱不了嫌疑，这就意味着你可能要在这里待一段时间。对了，'这里'和你说的'这里'还不太一样，是指看守所。"

老胡："看守所？哎！这叫什么事啊！"

警察："你还是好好再想想。"

又一个月后。

老胡被带到某某省公安机关。

将近十年的隐居生活让重返城市的老胡惊慌失措。变化太大了，老胡终于开始相信警察不是故意为难自己。有两名警察开车带着老胡天天想办法证明老胡是谁这个问题。

老胡痛恨自己当年的草率，离家时烧掉除身份证外所有的东西；老胡痛恨当年自己的孤僻，怎么就没多来往一些朋友；老胡痛恨自己的运气不好，相关部门要么遭过火灾，要么被贼偷过，能证明自己身份的资料竟然所剩无几。老胡生气自己嘴贱，怎么说了那么多和那名作恶多端的坏蛋画像吻合的信息；老胡生气岁月让自己改了容貌，终于找到一张毕业合影，可他都无法相信照片上的那个英俊少年是自己。

我是谁？我是谁？我是谁？

老胡为证明这个问题被折磨得几近发狂。我真的是我，我从来没有撒谎！可为什么证明不了？

老胡问自己：我为什么要生气，为什么要想不开？当年因为女友的死一直自责，已经自判为杀人犯，本来就准备一辈子藏在大山深处赎罪。可是，可是那个坏人太让人不齿了，我怎么会是他？

又三个月后。

某某县公安局。

警察："老胡，这段时间受苦了。"

老胡："拖累你们了，感谢你们认真负责的工作态度，不然这次我的麻烦就大了。"

警察："真的假不了，假的真不了。多亏找到你那位大学舍友，也多亏他爱好收集，不然麻烦还会继续一段时间。以后要吸取教训，不敢再这么……怎么说呢,任性。"

老胡:"唉——"

警察:"以后怎么打算?准备继续住在村子,还是回省城去?"

老胡:"回省城,开始新的生活。最近,我想明白了很多事。"

警察:"嗯,这就好。"

10月底,老胡告别了乡邻,踏上了返回省城的漫漫长路,口袋里的二代身份证沉甸甸的。

闺 密

有些青春，我们经历过，却并不太懂。

2001年9月，葡玲背井离乡，去南方上大学，与父母和弟弟在站台上依依惜别。还没有出发，她已经开始留恋家乡的一切。

11月，父母打来电话，让添加衣物，葡玲笑着说："这里很热，还穿短袖裙子。"

葡玲明白，再怎么描述，父母对南方也无清晰的概念。两位老人在那一亩三分地上起早贪黑，能供养一个大学生和一个高中生已拼尽全力，送葡玲到火车站是他们走过离家最远的路。

这也是葡玲第一次离开县城，一路向南，最终就到了这个沿海城市。

一切都是新鲜的。

葡玲的计划是拿到奖学金，再打一份工。还有，走遍这个城市的每一个角落，不错，是用走的方式。

第一学期，葡玲穿着仅有的那两身可以换洗的衣服，默默地穿梭在校园、城市，独来独往。

一切都按照她的计划进行，只是她比刚来时黑瘦了不少。春节她没有回家，兼了两份工作。

第二学期刚开学，葡玲在体育课上扭伤了脚，挂着拐不能外出打工，葡玲心里急，没人时自己偷偷地哭。平时和同学们没有太多来往，没人知道她的难处。

"东南楼一楼那户需要个家教，你可以吗？"

正当葡玲坐在教室一角，思谋着同学们都离开教室后再挂拐下楼时，从后面递过来一张字条。葡玲回头一看，原来是宝兴，一位气质不俗、成熟稳重的城里妞，带着一种有距离感的亲和形象。

宝兴宿舍在葡玲宿舍隔壁，她年长葡玲六个月，来自本省的另一座城市。

体贴、温柔，做好事又不露痕迹的宝兴，让葡玲充满感激。

宝兴告诉葡玲，她的父母马上要离婚了，因为爸爸有外遇。原来因为她要高考还维系着的家庭，现在维系不下去了。

宝兴总在食堂打很多饭，买很多零食，然后又说吃不了，准备扔掉，逼着葡玲吃；还有那些刚买下不久，又说不喜欢要扔了的衣服，送给葡玲。葡玲当然什么都明白。

葡玲每天早早起来，等宝兴那个懒虫睁眼时，开水已打好，饭已买好，就差牙膏挤在牙刷上了。

葡玲给宝兴讲家乡一切有趣的事情，讲自己的梦想，讲自己未来的打算，宝兴听着听着就迷上了那个原生态的北方小村庄。暑期，葡玲的弟弟考上了北方的一所大学。宝兴怂恿葡玲不要完全被金钱束缚，要适当放松一下自己，回去送送弟弟，看看体弱多病的父母，感受亲情。等她的煽动出了成效，才死皮赖脸地缠着葡玲要一块儿回那个村庄避两天暑，并一再申明让葡玲按自己的习惯安排行程就好。葡玲顾虑重重，那三十多个小时的硬座，那些和南方城市截然不同的贫瘠村落，宝兴能适应吗？

当宝兴目睹了葡玲的现实生活，湿了眼眶。

宝兴每次都在葡玲外出打工时从食堂买了饭菜留着。葡玲舍不得花钱,所以常常空着肚子。

她们俩总有聊不完的话题,海阔天空、天南地北。葡玲羡慕宝兴去过那么多地方,那样见多识广;宝兴惊讶于葡玲的才学,葡玲的脑子里似乎装下了整个世界。

宝兴的爱情

宝兴有很多追求者,可她从来不为之所动,因为宝兴有男友,高中同学,在北方上名校。

葡玲见过照片,阳光帅气。

男友不停地给宝兴写信,不停地打电话,可宝兴似乎犹犹豫豫。

葡玲问:"不喜欢吗?"

宝兴说:"不是,爱到骨子里。"

"那为什么不怎么待见人家?"

"两地呀,会有什么结果,浪费感情。"

"这理由太牵强了吧?鬼才信。"

宝兴淡淡地笑,不置可否。

那位帅哥来看宝兴。他的帅,他的体贴都让人嫉妒,可宝兴就是若即若离,看得葡玲着急。

可等帅哥一走,宝兴又失魂落魄。

"你既然那么喜欢,为什么要若即若离呢?"

"我们没有可能,何必浪费感情。"

"为什么呀?"

"你不懂。"

"为什么呀?"

沉默,每当这时宝兴总是沉默。

帅哥背过宝兴问葡玲："你知道为什么吗？"

"我也不清楚。也许你的诚意不够，宝兴很敏感，没有安全感。"

大三快要结束，帅哥又来了。这一次，宝兴没有让葡玲当电灯泡。那天，葡玲一直等宝兴回来，感到莫名紧张。宝兴回来很晚，一句话不说，倒头就睡。半夜葡玲被叫醒，宝兴高烧，一病一个礼拜，宝兴只对葡玲说了三个字："分手了。"

葡玲的爱情

大一第二学期刚开学，葡玲在体育课上受了伤。一个文质彬彬的男生经常出现在葡玲的视线里，葡玲已经收获了宝兴的友谊，便拒绝了这个男生的善意。

当宝兴和葡玲开始无话不谈时，宝兴说："玲儿，看见那个帅哥了没，被你迷得神魂颠倒。我帮你调查了，M系的极品男，学习好、家庭好、长相好、作风好、人品好，五好男啊！你能不能稍微释放出一点点世俗的气息？"

"别逗了，人家看上我啥？纨绔子弟吃细粮吃腻味了吧。"

"以我的经验判断，是真心的。"

"滚，别拿我开涮。"

"妞，别后悔，那种极品，粉丝一大堆哦。"

"你喜欢送你。"

"本小姐可是有男友的，我才不会三心二意。"

当葡玲收到那个男生的情书，手不争气地抖了起来，宝兴笑岔了气。

葡玲还是拒绝了那个男生。

宝兴失落地问："为什么呀？"

"事业有成之前，不谈恋爱。"

"两者之间没冲突啊，再说，男的经济好还能帮你。"

"兴儿啊，别再说这些不适用我的话题了，我可玩不起。"

"死脑筋。"

"说正经的，你见过我的家庭，我发誓一定要让父母过上好日子。"

大四第一学期。

葡玲品学兼优，在一家跨国公司实习；宝兴的爸爸也为宝兴找到一个不错的事业单位实习。

葡玲的目标是要在研究生林立的环境中站稳脚跟，留在这家公司，先挣钱养家，再深造提升。

两个人大部分时间不在学校，很少见面。宝兴轻闲，每次主动给葡玲打电话："不敢太拼命哦，有空理理我啊，都快闷死了。"

葡玲每次压着嗓子小心翼翼："亲爱的，不敢说了，我的头儿在那边看着我，晚上我给你打。"

宝兴从来没等到过那个晚上的电话。

大四第二学期。

葡玲经常感觉特别累，浑身哪儿都不舒服。好在奋斗的目标已初见成果，葡玲有点高兴，却又隐隐有一些无法言说的不祥感。

那天，葡玲在公司突然栽倒在地。

厄运突降而至。

检查后医生说，是传染病，由于葡玲过度劳累，免疫力太差造成的。

葡玲第一时间给宝兴打了电话。

"兴儿，我这是传染病，你别来看我，体质差的人很容易被传染。你平时爱咳嗽，也去查一下，一定要小心啊。"

宝兴沉默了很久，然后哭了。

"兴儿，没事的，又不是绝症。等我好了，我去找你。"

为了节省费用，葡玲转院回家乡。在毕业证的问题上，校方给一向优秀的葡玲开了绿灯。但是那个刚刚能缓口气的家庭又陷入看不到头的艰难。

　　宝兴听从了葡玲的劝说，没有探望过葡玲。她会给葡玲寄好吃的，会寄好书，会寄各种解闷的稀奇古怪的东西，只是不打电话。葡玲偶尔打过去，那边也是语无伦次，不知所云。每次通话总是葡玲一个人热情洋溢。

　　"别难过哦，我会好起来。"

　　"听说你的工作安排好了，不错哦，真替你高兴。"

　　"有男朋友了别忘了告诉我啊。"

　　慢慢地，葡玲就没有了宝兴的消息。

　　两年后，葡玲的病情得到有效控制，不再传染，可以正常生活。她在家乡所在市区的一家企业找到了工作，一边治疗一边挣钱。弟弟也参加了工作，还债的负担轻了一些。

　　宝兴还是没有任何消息。葡玲想，自己的病还没有完全好，等好了再去找宝兴。

　　五年后，葡玲痊愈。她如愿在南方某个城市的一家跨国企业谋到工作。父母也终于亲眼见证南方的11月果真可以光着腿穿裙子。

　　葡玲忙得都没有时间去想宝兴，偶尔闪念："她的先生不知有多优秀，她的孩子一定又聪明又漂亮。"

　　七年后，葡玲真真切切地恋爱了。她给男友讲起苦涩又美好的大学生活，主角是那个光芒万丈的宝兴。

　　一个温暖的冬夜，葡玲接到一个陌生来电。

　　"玲儿吗？"

　　"兴儿，是你，竟然是你，这些年你去哪里了？怎么不联系我？我的病好了，我马上要结婚了。"

"真好。"

"你怎么找到我的？你现在在哪里？"

"我很想念你。"

"我明天就去找你。"

"我这里有点事，回头联系你。"

嘟嘟嘟嘟，那边挂了电话，再拨过去已不在服务区。

葡玲直到结婚也没有联系上宝兴。

八年后，葡玲挺着大肚子和先生在一家餐厅吃饭。

"这不是葡玲吗？"一名女子拍了一下葡玲的肩膀。

"李颖，怎么是你？"

"出差。真巧，在这里遇到你，毕业都快十年了，时间过得真是快呀！"

……

"宝兴的事你竟然不知道？"

"宝兴怎么了？"

"肺上的问题，去年年底就走了。你怎么能不知道，你们不是关系最好吗？唉！"

葡玲在先生的帮助下，通过各种办法终于见到了宝兴的妈妈。

阿姨不停地哭："孩子才三岁，兴儿命薄呀。"

葡玲也终于见到了宝兴的先生，一位和她想象中差不多的男子，神情落寞得让人揪心。

"你就是葡玲？"

"嗯。"

"有些话兴儿让我一定转告你。"

葡玲急切地等着，眼泪不停地流。

"兴儿说，她对不起你。"

"为什么？"

"因为，当年的病是她传染给你的。"

"怎么会呢？"

"她的父母想办法骗过了学校，所以她一直没有什么朋友。"

葡玲顿时无所适从，脑子里嗡嗡响成一片。

"她说，你不是一般的傻，只看到美好的一面。"

此时的葡玲已泣不成声，又问道："那你和她结婚知道她的情况吗？"

"因为我知道，她才愿意嫁给我。"这个男人捂着脸失声痛哭。

葡玲的先生扶起葡玲，缓缓离开。

葡玲沉默了一天。

第二天，葡玲突然自言自语："我该怎么办？"

先生扶着葡玲坐在床沿，说："我给你讲个故事。一名即将离世的男子祈愿，说还未享受过爱情就要离开，这一生太遗憾了，真希望能遇到一段美好的爱情。没想到上帝竟答应了，男子很后悔。上帝问为什么，男子说他注定要离开，留她一人忍受孤苦岂不很残忍。上帝叹口气说，真情是这个世上最难能可贵的东西，也许她会感激遇上你。"

先生又说："如果我是那个女子，我会感激上帝。"

诗歌篇

我总在不经意间怀念她们

黛玉因为红楼的势力
香消在最凄美的季节
令宝玉永世悲情
宝钗终生落寞
令人无限感伤

张爱玲因为多舛的命运
背井离乡
惊世才女从此隐匿
留无数揣测于
犀利而又细腻的文字中

三毛因为荷西的离去
把自己的记忆遗存于撒哈拉
那曾经的光芒万丈从此逝去
用最终的追随
残忍地诠释完美

邓丽君因为天欲降以大任
曾经的最美情感
终结在突来的灾难中
孤独的命运成就一代巨星

香消玉殒注定是宿命

多少惊世的才华
多少至真的情感
多少摄魄的气质
多少多变的命运
令世人惊叹

多少个寂静时刻
我的心弦被这些美丽女子
轻轻拨动

我总在不经意间怀念她们
就像品尝陈年美酒
我由衷地祝福她们的来世
做一个平凡的女子
经历那一世没有的美

守　候

寺庙前的那棵树
守着寺庙几百年
前世的约定
当初的承诺
它都不曾忘记

那一日你踏着夕阳
着一袭青衣来到寺庙前
抬头看到这棵树
眼中闪烁着泪光
树的枝叶瞬间颤动

你在这寺庙驻留
一闭山门
不再理会凡世的喧闹
喃喃诵经
秉烛夜读

那棵树
守着晨光
看你清扫落叶
候着月色

听木鱼在禅房轻吟

记忆如开闸的水倾泻而出
树在佛前许愿
即使千年守候
也要等来与你的相遇

树看着你
与繁华隔绝
青春逝去
不知悲喜
树的疼痛无人知晓

树与佛说
给这女子快乐
用我的来生换她的来生
哪怕这世上
并没有来生

终于有一天
女子在朝阳中离去
眼神清澈
再回头
向树投去深情的目光

树抖动一身的叶

望着女子消失的方向

摆出最终的姿势

用自己的余生

继续守望

秋与冬

秋
还在风中烂漫整个世界
寒意
已透过飘落的叶
在妖娆中
侵入肌肤

我在秋的华丽中起舞
落叶抚过裙袂
轻轻飘落
梦境如那一地的奢华
在不觉中渐渐幻灭

抬起头
我看到
不再令人眩晕的阳光
幽幽中穿过树枝
瞬间而来的温暖
是冬的问候

每片叶
都在摇曳中

追逐着自己的梦想
每棵树都站在那里
等待将要遇到的那些人

那片恋着大地的叶
在瑟瑟秋风中
飘零
只有快乐和妩媚

秋天
是灿烂也是凄凉
冬天
是寒冷也是温暖

如果你是秋
就绚烂到底
如果你是冬
就浪漫到底

纹　路

我摊开你大大的手掌
游走在你的指纹间
揣测我们的命运
抚平那游离的小枝
遐想穿过脑海

我划着你长长的生命线
它告诉我　你可以照顾我一生
还有那最要命的爱情线
符合我固执的期许
窃喜从心底荡过

快乐　忧伤　浪漫还有伤害
生活中从不曾少过
那深深的爱意
刻在心里
融入生命

总用人生中一些琐碎
去换取我们爱情的永生
只因我知道
人生没有绝对的完美

但我们有永恒的追求

生活的考验是为赋予更多的快乐
就像秋的落叶催生悲情
而来年会更感动于春的绿意
我相信
那是我们要等的结果

为了生命中最重要的
我已放弃了很多
如果觉得不够
我那里没有设防
尽管去拿

我展开我的手掌
看到了我们共同的幸福和磨难
但有一处不同
那就是
你的手大　我的手小

风沙四月天

黄沙与寒流侵扰着这座城
飞舞的丝巾抵挡着
春寒料峭
昨日的明媚
似昨夜的梦

肆虐的沙
伴随着儿时对春的记忆
莺歌燕舞
是独坐窗前的遐想
江南的春
犹如惊鸿一瞥

这座城池的沙
做着春的守护者
总在一层又一层的沙幔后
让春露出怯怯的羞容
年少时
逃离是快意的

那暴烈的风　狂野的沙
流年中装载着

或悲或喜的记忆

相遇

似五百年前在佛前许下的愿

我站在窗前

风掀起帘　悄悄潜入

指尖轻轻划过流落

让它承载

一生的痴梦

等 雪

这个冬天过于灿烂
阳光
透过玻璃
留住了温暖
等雪降落
是那么无奈

等雪
等待一种烂漫的心情
雪会用它的纯净
与你分享
心中单纯的快乐

猜测天的心情
等待雪的降临
总以为再见那精灵
心中会有一些雀跃

今晨的雪
太过阴郁
又似一份必交的答卷
孩童在雪里无邪地笑

冲刷出一片宁静

这场纷纷扬扬的雪
诉求着心中更多的欲望
它飘到头发　鼻尖　手心
又迅速消失
无法面对你的双眼

有那么一天
雪万分婀娜地飘着
你匆匆走过
任凭它滑落
可无人知晓滑落的雪
会化成一滴寂寞的泪

风吹过

风吹过
吹乱的不只是头发
还有落叶

我从树下经过
叶从眼前飘落
曼妙的身姿
抬头
看到树从未有过的美

风吹过
我听到叶在笑
叶被风牵着手
跳着一生最美的舞
回首向树道别

我想从风中看到
树的忧伤
叶的落寞
却只听到
自己心中的叹息

风吹过

落叶簌簌

空气中

留下

戏谑的笑声

一个最平常的夜

一个最平常的夜
说着最平常的话
感动最平常的心
夜因此而美丽

不是所有的事情都有征兆
但我们仍然相信预感
思绪漫漫中
总有不易察觉的事物躲藏

琴键上流淌的音乐
是手指的快乐和忧伤
猫咪跃上音符
轻扰了寂静

记住该记住的
忘记该忘记的
改变能改变的
接受不能改变的

简单也许更好
如果满天的繁星看累了

那就选择离你最近的那颗
用心去看

相信轮回
是善良者的愿望
不要来生
今世就好

相　约

总有一些特殊的日子要记住
不论多么忙碌
因为曾经发生过的事情
带给你的
或许是刻骨的甜蜜
或许是铭心的痛苦
或许是一生的幸福

这一天
早已成为一种标识
提醒你
曾有的快乐
温暖着理想的种子
隐隐的伤感
让你把所有的不快慢慢忘却

曾经因为一个美丽的承诺
总是坚信
呵护需要一种姿态
让时间静静流淌
让点点感触慢慢沉淀

曾经的美丽
在时间的落寞中
静静绽放
而记忆将永存

我的布达拉宫

曾经无数次地遐想

有一天

我会带着一颗没有羁绊的心

偕最亲密的人

去布达拉宫

在雪山下

膜拜神圣的殿堂

任由心跳动着撞击稀薄的空气

布达拉宫的诱惑

我心中熠熠的梦想

为此

我默默地等待

我的布达拉宫

那一年

我戴着一条绚丽的丝巾

心境空灵

奔向青藏高原

我在布达拉宫下眩晕

清新的空气

神秘的气息

静穆的感念

顷刻而至

捻一串佛珠

转千转经筒

仓央嘉措的诗文

在耳边响起

藏民淳朴的笑容

虔诚的叩拜

还有僧人的酥油茶

传递着幽幽的佛缘

正如曾经的梦境

那一年

我去了布达拉宫

布达拉宫

让我在敬畏和慈悲中感化

像是另一世的传奇

无可替代

我在通透中

铭记了所有的温度

那一年

青藏高原

广袤的蓝天

纯净的云朵

绵延的雪山
还有旷世的湖泊
它们和我一样
我们一同拥戴着
布达拉宫

秋 雨

这是一场穿越季节的雨
落着落着
就从夏到了秋
拂去夏的炎热
惹人欣喜

落着落着
就到了立秋时节
蛙静花落
无数文人墨客为之嗟叹

落着落着
就有了秋的忧伤
一地涟漪
任由花瓣沉浮

屋外夜雨淅沥
久久不曾停息
夏的气息
已悄然逝去

伏在案头

听雨　回忆　憧憬

满满温情

我沉浸在雨的倾诉中

那年今日

不论晴雨

我心依旧

告别2014

有一种愿望叫150度
有一种坚持叫150度
有一种快乐叫150度
有一种信念叫150度

感谢张先生等人
感谢你们在人生舞台上的
本色出演
给许多人撑起了希望

感念我的至亲
从来都在完美诠释
爱的真谛
永远都坚如磐石

感激亲爱的姐妹们
总是在我最需要时华丽出场
陪我共渡难关　分享喜悦
浓墨重彩地渲染我的人生

感恩那些友人和过客
在人生旅途中相遇

到处传递善意

点亮我生命的许多瞬间

晨曦落日　风花雪月

美好与否只是心灵的感悟

人生不可预料风雨

唯有面对才是王者之道

岁末年关

又是一个滋生感慨的季节

就让我在温情中深深铭记2014

更加懂得珍惜

人生漫漫

我有一个梦想

不管经历怎样的风雨也不会沉沦

太阳花

选一粒花种
面向太阳而种
好似交给太阳一个
小小的愿望

不管乌云如何笼罩
它执着地追随
从不曾失去
太阳指引的方向

期盼撒落在
精心的照料中
芽生　苗长
太阳把最璀璨的金色
镀在盛开的花上

花用无声的生命传递出
简单的快乐
而种花的人
却在花事中迷离

选择一粒太阳的种子
是因为有一颗
向往阳光的心

我看着花

花望着我

不知是我掌握了花的命运

还是花把控了我的心情

那一天

那一粒种子

那一件花事

那个种花的人

美丽了我的心情

风 铃

窗外
那串风铃
从夏摇动到秋
又摇动到冬

它在夏的喧闹时静谧
在秋的飘逸中曼舞
在初冬的深夜清脆地鸣着
惊扰入梦的心

手掌放在玻璃上
风铃在自己的影中飘摇
奏出谜一样的音符
昏黄的街灯下
枯树狰狞着枝丫

风铃响着
撩动一颗心
月亮从天空坠入心中
照亮隐藏其中的情怀

铃音轻轻回荡

牵着思绪

在风中穿行

追赶那个做梦的女孩

曾经烦恼过

漫长又漫长的童年

曾经以为

人生也可以漫长到无边无际

恍然间遇到

人生旅途中的自己

落落问道

你好吗　快乐吗

还在做梦吗

叮——叮——叮——

风铃的低吟温暖着寒夜

冬天原是一种独有的姿态

风说

在意每一道风景是自我的救赎

风是铃的宿缘

铃是风的使者

而我

是那个听风的人……

希 望

一

日历一页页翻过
薄到吹口气
似乎就能终结一年
让来年触手可及

月儿挂在枝头
被乌云一点点吞噬
风卷寒夜
清晨
一场漫天的飞雪
舞在窗外

年轮
一点点画上眼角
带着些许忧伤
眼中泛着浓浓的慈爱
瞳孔里映出
一张年轻张扬的脸

二

她
中了失恋的魔
整理一车的行囊
自驾
被困在一汪泥潭里

他
孤寂的步伐
冷漠到病态
宁愿亲近
没有背叛的大自然

他与她相遇
他修好了她的车
她治好了他的病

三

小狗汪汪
和小伙伴们
一起围在小主人身边
它有些羸弱
抢不到一块骨头

汪汪灰溜溜躲在墙角
忽然
香味扑鼻
一块大骨头滚落面前
不经意间抬头
小主人偷偷在笑

烟　花

花开　花落
瞬间的梦境
烟起　烟灭
低吟　叹惋

我愿在你寂寞时
点燃整个夜空
看你迷人的笑容

我会在烟花散尽时
守在你身旁
温暖你
微凉的心境

只愿未来的日子里
像如此绚烂的夜空
会在你心中留下
美丽的涟漪

风　筝

城市上空飘着一只风筝

在落日的余晖中

寻找归家的路

看不到放风筝的人

也许是一个人

也许是两个人

也许是几个孩子

也许是一对情侣

能感受到的

是他们内心的安宁

你说

我像一只风筝

而你是那个牵线的人

如果总握在手里

会遗憾

放飞得太低

会失望

放飞得太高

会担心

不知如何才能快乐

我轻抚你的秀发

凝视你忧郁的双眸

我一直是那个愿与你一起

放风筝的人

如果不小心变成了一只

你眼中的风筝

我的心会痛

夏暑秋凉冬寒

一路奔波

习惯了紧随身后的你

渐渐忘了牵一牵你的手

那些海誓山盟

蒙蔽了单纯的情意

我只记得春暖花开微风轻拂时

总会带你去放风筝

在你的深情纵容下

我在自己的王国里沦陷

你说　停一停

我说　亲爱的

就要到达终点

我允诺你的幸福

你说　停一停

我终于止步

回头看到了

冬雪春花　夏雨秋风

你站在那里
巧笑倩兮
我宛如被施了巫术
沉陷在那个
差一点被遗忘的秘境
不得自拔

夜来香

夜幕
如一层又一层的纱
渐渐遮住了
春的眼

一股浓郁的香
扑面而至
循着香味
来到一棵树下

夜太浓
看不清树的姿容
芬芳的气味可以猜到
一棵丁香树的芳容

我想　淡紫色的花朵
一定缀满枝头
我想　每一朵花
都有着浅浅的笑意和淡淡的忧伤

我猜　戴望舒
也曾驻足于这样一棵树下

我猜　雨巷里的姑娘
一定撑着一把红色的油纸伞

那些如诗的情怀
在这个花开的季节里
轻歌曼舞
潺潺流淌

花香浸润在清凉的空气里
花香熏染着每一寸肌肤
花香沉淀在心灵的每一个角落
花香让心房微漾

春
在一个无月的夜晚
在一棵郁郁葱葱的丁香树下
在醉人的芬芳中荡漾

我的鸡汤

一

有一年　一个人去看风景　风景很美　却入不了心
有一年　和相爱的人去看风景
风景一般　却兴致盎然

二

总有人
在前进的行程上
追求收获的丰盛
金钱　美貌　感情　地位
也总有人
能在污浊或清流的取舍中
坚持心底的纯真

而我
向往这样的境界

三

我们知道要分离

忧伤让我们更加柔和

我们把人性中最多的美好

展现给彼此

早早用来装饰回忆

而当我们要长相厮守时

自然会

淋漓展现所有的阴晴圆缺

当所有的鸡汤都在追捧

人性的至善至美

而我想说

再美的单一

也会感到疲劳

四

你丁克

我独身

他离异

她被绑架在婚姻里

我们在追求幸福的道路上

不知怎么就走到这样一种境地

不管怎样

内心大致安然就好

有时候

适应也不失为一种幸福

五

坚强被仰慕

独立被敬佩

而我只愿

畅游在自己的小天地里

在别人的故事中感动着

假如让我送上祝福

我会祝你　一生无忧

虽说这样并不切实际

怪只怪

爱　让我变得盲目

六

在关键问题上

比如感情

做一个固执的人

和爱情至上的人

然后

一生的风雨

就有了

无法想象的担当

七

年纪长些的时候
对未来某个快乐日子的期盼
也是顾虑重重
因为快乐的到来
也代表着时间的流逝

八

有时候
会莫名其妙地沮丧
觉得全世界都要坍塌
可以拯救你的
除了时间
还有亲情的浓度

九

希望到了某个阶段
成为一个重色轻友的人
也希望自己的闺密
最终也走上这条不归路

十

有时候很快乐

想让全世界都知道

有时候很幸福

却认为那是自己的事

与世界无关

春

冬末　一场雪后
我们就开始腻烦了冬
亮丽的春装拿出又收起
只待桃花结了蕾
麦苗返了青

春
会在某一页台历的节气上
轻跃而出
风嗅起来　有了一丝丝暖意
夜　不再漫长

春意
也在一片幽香的梅花林中
或在一片嫩黄的迎春花花海中
开始冲刷心头上
整个冬日落的灰

万物像被施了魔法般
渐渐苏醒
一梨白　一杏红　一柳绿
一啼鹂　一浮鹅　一飞燕

铺展在撩人春色里

是谁说
扬州的烟雨氤氲了琼花
是谁说
洱海的阳光温暖了苍山
有人在憧憬中乱了芳心

他牵起她的手　她背上背包
一起穿行在明媚的春光里

黄土高原秋色

都说
秋天是
上帝打翻了调色板
谁说不是呢

阳光轻柔地
洒在叶上
一丛斑斓
半山泼红

或直或弯的山路
不经意间
成了一幅又一幅
秋图的主角

惊叹　再惊叹
还有一些恬静的美梦
尽思量
只为长留心间

漫无目的地走着
抬头低眉间

又贪婪又满足

痴迷的心事

叶飘落溪水

开始一生

最远的旅程

山路　弯了又弯

爬行的车　停了又停

太阳的余晖散去

秋色里的黄土高原

渐渐睡着了

从 此

成长到底是什么
其实只是
慢慢成熟与明白的旅程
从此
还是做个缺心少肺的人吧
缺心少肺地去热情
缺心少肺地去快乐
缺心少肺地去疯狂
缺心少肺地去温柔

好友出书记

毕业二十三年后第一次见到好友茉茉（作者笔名）时，她似乎仍是当年那个姑娘，只是更成熟更有风韵了。临别时，她说准备出一本书，让我和好朋友寻给她写一点东西，受宠若惊之余，也激动惊喜不已——亲爱的朋友要出书了，当然要祝贺她！

20世纪90年代初，我与茉茉同窗三载同舍三年，来自乡下的我比较土气且木讷，她从未戴着"有色眼镜"看我，而是以诚相待，我有幸成了她的朋友。在我眼里，来自陕北的她，宛如一个小精灵，人长得好看不说，关键是总有很多鬼点子，诸如去渭河滩野餐，去翠华山旅行，约大家去舞厅，偷向日葵和月季花，不一而足，给我们单调的学校生活增加了许多亮点。现在回味当年平淡无奇的学生时代，多了不少值得津津乐道的"花絮"和有点"惊心动魄"的小小冒险。

毕业后各奔东西，各自工作成家，各自遇见不同的人、经历不同的事，忙着家庭和事业，难得一见。所幸从书信到QQ及至近年出现的微信，我们一直未断联系，知道她一直在写东西，写铭刻在她生命里的至亲好友，写擦肩而过的匆匆路人，其中人性的善就像和煦的春光一样温暖滋润着我，字里行间，流露出一个女子的细腻温婉，还有那么一点点属于她的俏皮。她还搞起了摄影，拍人物，拍风景，或生活中的，或途中偶遇的，有些是突然触发的灵感，有些是精心的创意和设计，都给人以美的感受。

然而就是这样一个我认为老天特别厚待的女子，也并非一直顺风顺水。那年我怀二宝时，得知她因故严重骨折，心痛之余牵挂不已：亲爱的朋友，你这娇小柔弱的女子，是怎样承受这份磨难的？好友寻约我去看望她，可是我有孕在身不能前往，只好发短信询问，她只淡然地说在接受康复训练，不必挂念。一年后，在聊天中才知道，她康复训练很艰苦，原来这个外表娇弱的女子，内在潜藏着无穷的毅力和极强的耐力！这场飞来横祸，对一个喜欢到处旅游的年轻摄影爱好者来说，是个严重的打击，一般人恐怕只会情绪低落，意志消沉，丧失掉对生活的热情，可是这些在她的生活里没有丁点痕迹，一切犹如雁渡寒潭，她对生活依然爱得执着，爱得深沉，而她的文风和摄影作品却明显比以往更纯熟了，更有深度了，多了一份"静水流深"的豁达和从容。

无论是阅读她的文字还是欣赏她的摄影作品，我都能感觉到，对她来说："美，无处不在。"而美，是因为一个人心中有爱，美才会彰显。生活给予她的，都被她如礼物一般接受，她依旧怀着满腔的热忱与孩童般的好奇，行走在人生之路上，去发现美，创造美，成为美。

这首拙诗赠给我亲爱的朋友茉茉，恭贺好友著作面世！

明眸顾盼灵若仙，秀外慧中质如兰。

走遍世间拍不休，光影翩跹美惊艳。

阅尽人性情难已，文笔旖旎真亦善。

曾经困厄志未移，浴火重生凤涅槃。

张红香

千里觅知音　回首咫尺间

起初，茉茉是我初中班主任的女儿，仅此。渐渐地，茉茉成了我的朋友之一。后来，茉茉是我的知己！

我常常想，在喧闹的都市，在快节奏的生活中，对于一个拥有一颗文艺之心的人来说，如何才能保留心中那片田地？在春天自由播种，在秋天大获丰收；在闲暇的日子享受阳光，在繁忙的时候有情怀可以寄托。而茉茉是我所见过的最有文艺气息，并能游刃有余地耕好自己那片田的少有之人。

茉茉的文字犹如一股清泉，看似波澜不惊，然则生活气息浓郁。她善于将一些细微的生活所见、所得，用文字记录下来，加入自己细腻的情感，表达出一种似曾相识又有别于大多数人的日常。这种感觉就如同我们曾经吃过的美味佳肴，随着时间的推移已经全然忘记了当初的味道，突然有一天，你再一次品尝到了它，那种久违的、熟悉的、幸福的滋味从你的味蕾中升腾。你会想，如果不是这样偶然的遇见，曾经尝过的美味，大概再也想不起来。而她的文章，就如同那道美味，让你读完之后，突然想起生活原来的样子。那些我们曾经熟悉的人和事，再一次浮现于眼前。

我们有着共同的兴趣爱好——摄影，我们经常切磋摄影技艺。一起采过风，一起用相机表达过心中的美好。我们互相拍照，久而久之，成了彼此的"御用"摄影师和模特；久而久之，成了彼此最心有灵犀的知己。然而茉茉更有一种让我钦佩的精神，那就是她骨子里的坚持和积极向上的生活态度。

很早就听她念叨着想出一本自己的书，这是绝大多数平凡的我们心中的梦想。之所以是梦想，是因为大多数人不会像她一样对自己喜欢的事物有着如此执着的追求。多数时候，我们时而文艺的心，总会被纷乱的琐事打扰；时而激情澎湃的想法，总会因为没有闲暇而成为遗憾。但仔细想想，所有阻碍我们前行的因素，归根结底还是源于我们对自己所热爱的东西不够执着，不够坚定。我们想记录生活聊以日后回味，但没有留下只言片语；我们想给自己创造一个"风轻云淡""闲庭信步"，却总是说说而已，不付诸行动。在当今这个快节奏的时代中，我们缺少了与自己对话的环节，内心的告白无处安放，总是抱怨生活不够安逸，情怀无所寄托，活得忙忙碌碌，却碌碌无为。我想，茉茉的文章，给了我治愈心灵之伤的处方，那就是做个生活中的有心人，用文字记录下平常人的日子，用图片表达内心所发现的美好，用信念支撑每一天的不易，去打造自己的世界，不受外界的干扰，成就自己的梦想。

我常常思考这样一个问题：当你读一本书的时候，你在读什么？我的答案是，我读的往往是作者本人。因为我好奇：这样的书，它的作者是个什么样的人？一本书可以使人增长知识，开阔眼界；一本书，也可以使人了解一个人，体会一种精神。比如我在读冯骥才的《一百个人的十年》这本书时，除了文中那些人的回忆录，我看到的是对"文革"的反思，而能将一百个人的故事收集到一起并写成书的人，更令我敬佩。因为他所付出的劳动，也许不是为了出书所带来的愉悦感和成就感，而是通过这样一本触动读者内心的书，唤醒一个时代，影响一个时代，救赎一个时代。

这个时代，是信息爆炸的时代，是碎片化知识信手拈来的时代。空气中到处弥漫着浮躁，一切仿佛没有情感，如同智能时代来临，每个人都是行走的大数据。但不管未来如何演变，在有书的年代，我们仍然要多读书，多记录生活，用最原始的方式，保留最纯真的自我。

孙晓瑛

写给茉茉

茉茉说,她最初的文学萌动和我有不可分割的关系。她说,正是当时那个爱好文学、耕耘文字的我,带给她触动。她把我当成忘年交,我由衷地高兴。

认识茉茉已经二十多年了。那年她考上大学,我和她的母亲去火车站送她,那时候我就喜欢上了漂亮、真诚、和善的茉茉,她带给我一种似曾相识的感觉。

茉茉不但真诚善良,那种仿佛与生俱来的艺术天分更让我惊异。她拍摄出来的照片,在朦胧的美之中透出一种生命最初的生动、美丽和希望。她随手采撷来的东西都让人觉得美不胜收,这源于她对大自然的热爱和对生命的尊重。

她的文学作品有散文、诗歌、小小说、游记、杂谈等。茉茉的善良从她的作品中就可以看出来。一个也许大家都不曾注意过的卖煎饼的小贩,她也能给予关注与同情。

小说很难写。许多人的小说里那种冗长的说教和烦琐的描写让人读不下去,而茉茉的小说结构严谨、语言洗练,对故事情节的展开和人物性格的塑造把握得游刃有余。尤其是那篇《滢槿》的结局,既是故事的结尾,又是故事的高潮,让人觉得既在意料之外,又在情理之中,让人唏嘘、回味不尽，大有莫泊桑小说的风格。

  我佩服茉茉对艺术多方面的追求和她所显示出的天分，喜欢茉茉认真生活的态度，喜欢她的真诚和善良。希望茉茉今后在艺术方面有更大的成就，更希望茉茉健健康康、快快乐乐地生活。

史荣珍

岁月如歌　温润如"婉"

"即使明天是世界末日，今晚仍要在园中遍植玫瑰。"这句话就像是写给婉儿的，她是一个典型的唯美主义者。"腹有诗书气自华。"婉儿要出书是意料当中的事，欣喜之余我唯有拿起笔，把自己心中那份珍存的美好记录下来，以作为对闺密作品结集出版的纪念。

1992年秋，一群沾满故乡泥土气息的懵懂少年会聚在咸阳五陵原上的师范学院，我有幸与来自延安的这个女孩分在同一个班。她有一个富有诗意的名字——婉儿。当时的她就很与众不同，有着天然的仙姿灵态，骨子里满满的冷傲，但她的一颦一笑，眉眼里闪耀着柔美和善。我特别喜欢心底柔软的人，他们能细细品味出爱，品味出情。与她眼眸相会，总能碰撞出心底的灵犀一点。人如其名，婉儿极富才情和文艺范儿，美术、音乐、舞蹈几乎样样都会。她自带光芒，气场强大，和她在一起你能感受到女子特有的聪慧与灵气，令当时的我惊美且好奇，总想靠近她。于是大学三年间由最初的欣赏，慢慢地走近，逐渐地彼此了解，到相互间以诚相待。因为性情相投，心灵相通，及至毕业时，我们已成为一对无话不谈的闺密。

婉儿曾经问我，繁体字的"爱"里，是不是有一个心字？我答是的。她说，简体字把"爱"里的心拿掉了，太可惜了，没有心，怎么去爱？这句话震撼了我。生活中不缺少美，也不缺少爱，而是缺少发现美的眼睛，缺少体验爱的心灵。一个对生活有心的人，她的心灵总是丰富的。婉儿的书，源于她生命中灵光的集中，是美感的记忆，灵魂的共振，人性真善美的复苏。在夜深人静的时候，在冷雨敲窗的时候，在别人推杯换盏、追剧八卦的时候，婉儿常常沉浸在她至爱的文字里，贪婪地用心享受着自己钟爱的幸福。她的文字，犹如春风送来的阵阵花香，我陶醉地闻了，悄悄地爱了。细品婉儿的文集，有一篇怀念外婆之作，深深地感染了我，她将款款思念之情融入笔端，用细腻之笔涂出了外婆一生中最美的色彩。这种精致、生动而形象的描写，只有具有刻骨铭心的爱才能为之，绝非仅凭笔力就可以，更重要的还是感情，也就是她所说的用心去爱。

笔耕不辍的同时，她又添一技，爱上了摄影，执着又认真。以细腻的心思，唯美的视觉，敏捷的思维，捕捉生活的千姿百态，捕捉人性的真善美，捕捉大自然的多彩神奇。欣赏她的摄影作品，绝对是一种美妙的视觉与精神享受，有的作品完美到逼人落泪，有的生动得甚至令人窒息。你无法想象，这样一个娇小玲珑的女子，怎么会有无穷无尽的潜力与智慧，每个作品都会惊艳到欣赏者的灵魂。

禅宗里有这样一句话："眼内有尘三界窄，心头无事一床宽。"婉儿的作品无论是写作还是摄影，总能捕捉到生活与自然的异彩，从而触动人们的心灵，以物化人，扫却尘埃，脱胎换骨，用至善至美的禅意方式，静守生命的本真。这个优雅聪慧的小女人，由内及外散发出明媚柔和的光，温暖着周围的人和事。一直以来，她就是我生命中的一抹阳光，为我平庸的生活带来色彩。婉儿，让我们珍惜人生旅途的美好景致，珍藏一路能细数的晴朗美好日子，执着地追求生命的原始色彩。

侯寻

茉茉印象

张婉同学的第一本书就要结集出版了，她约我为她的新书写点儿东西。她说，你能懂我的文字；我说，我会认真对待。在感谢她的信任的同时，不免又紧张起来，因为我不知用怎样的话语和写法，能将她的信任和我的认真对待完整地表达出来。

我们是高中同学，世间有一种友谊叫君子之交淡如水，我们类似于此，信任前提下的各自独立，不惊不扰。名如其人，张婉温婉娴静，恬淡不争（当然也会有张婉式的大笑和调皮），在波澜不惊的背后积蓄着能量，这种能量我能感受得到。如果你读过她的文字，你也能感受得到。之前，我读过她的部分文字，因为亲切，因为想从她的文字里分享她的内心世界，所以用一口气读完来形容恰如其分。她真是了得，这么多年来，点点滴滴，星星点点，将生活中的感悟、闪光、喜悦、悲悯、伤感、亲情、片段、插曲等串贯起来，不是刻意，而是有心，自然而然，水到渠成。在人到中年的好年华里给自己一份礼物，真的为她高兴，把生活过成了诗，这就是她的能量。

我们是否曾想过要拥有什么，要坚持什么，在人生的某个时候给自己一件什么样的礼物，足以让自己欣慰和无憾呢？我们是否被外界迷乱了心而只知做加法不知做减法呢？我们眼中的世界和心中的生活到底是什么样子呢？张婉同学有她的答案，答案就在字里行间。朋友，你的答案是什么？我知道，我应该向她学习，坚守，向上，倔强，对生活以善意，对生命以敬意。日月星辰，如诗如歌。

刘晓霞

茉茉加油

我是茉茉的同事，有幸看到她的文字和摄影作品很久了，每一次欣赏都会带给我耳目一新的感觉，写作和摄影是她很多年前就开始的，记录着点点滴滴。只有用心生活、坚持不懈的人，才可以把对生活的感悟通过文字和照片的形式传递出去。

得知她准备出书，很替她高兴，把自己的所思所想结集成册既是对自己的肯定，也使更多人更深入地了解她的思想和生活态度。

茉茉说，想在新书中"定格"一些和创作有关的友情，我内心虽说也想在茉茉的新书中表达祝福，但我不善文字，后来抵挡不住她的执着，我就倾我所能提笔抒情。

与茉茉相识是一种缘分。我们同事十几年，从同事到好友，再到密友，经过"漫长岁月"，不知从什么时候开始，我俩的交流多了起来，心里话也多了起来，每次在一起总有说不完的话题，每次都感觉意犹未尽，想想也是夸张，但确实如此。我们的气质很不相同，却有很多相通的地方，于是私下调侃，把自己归类为"心存善念的明白人"。

茉茉对待生活热情认真，只要她觉得值得去做的事情，都不会含糊，这点我很难做到，我很佩服她。以前在工作中就知道她文字功底不错，慢慢随着交往的深入，开始接触她的一些文学作品，有公开发表的，有社交平台上的，让我感触很深。这些作品都是她通过不断努力写出来的，能给读者带来思考、带来享受是她的心愿。

很多东西只可意会不可言传，这种感觉很适合我和茉茉。每个人的经历和想法都不相同，真挚地希望她以后坚持自己的爱好，用她的生活态度带给大家快乐。

郑红梅